Ian McEwan

麦克尤恩早期小说中的
个体化危机主题研究

付昌玲 著

WUHAN UNIVERSITY PRESS
武汉大学出版社

图书在版编目（CIP）数据

麦克尤恩早期小说中的个体化危机主题研究/付昌玲著．—武汉：
武汉大学出版社,2021.8
ISBN 978-7-307-22469-8

Ⅰ.麦…　Ⅱ.付…　Ⅲ.麦克尤恩—小说研究　Ⅳ.I561.074

中国版本图书馆 CIP 数据核字（2021）第 139459 号

责任编辑:李　琼　　　责任校对:李孟潇　　　版式设计:马　佳

出版发行:**武汉大学出版社**　　（430072　武昌　珞珈山）
（电子邮箱:cbs22@ whu.edu.cn　网址:www.wdp.com.cn）
印刷:武汉邮科印务有限公司
开本:720×1000　1/16　　印张:9.5　　字数:141 千字　　插页:1
版次:2021 年 8 月第 1 版　　　2021 年 8 月第 1 次印刷
ISBN 978-7-307-22469-8　　　定价:36.00 元

目　录

导　论

全球化与个体化是两个同时发生的过程。在当今社会，一方面全球化趋势明显；另一方面，个体化趋势亦十分明朗。在个体化社会，资本的流动让社会分化变得不可避免，流动性和不确定性成为当代人生存的基本特征。个体化的生存成为这个时代社会生活的主要内容。麦克尤恩的小说以全球化为背景，必然与个体化紧密相关。要研究麦克尤恩的小说与个体化社会的危机的关联，不妨先从麦克尤恩的早期作品谈起。

一、研究缘起

伊恩·麦克尤恩（Ian McEwan 1948—　）是当代英国文坛最有影响力的几位小说家之一，在英国被誉为"国民小说家"，"在世最伟大的作家"（Siegel，2005：33-34）。他因早期作品中的怪诞和恐怖的情节而以"恐怖伊恩"（Ian Macabre）著称，这主要从他的两部短篇小说集《最初的爱情，最后的仪式》《床笫之间》以及两部小说《水泥花园》《只爱陌生人》的主题和内容中得到反映。它们大多离经叛道、荒诞不经，充满了性变态、乱伦、暴力、吸毒、偷窃等情节，旨在揭示人的各种精神问题。作品的形式简单，篇幅短小，主要反映幽闭恐惧症般的、反社会的、表现怪异的两性关系（麦克尤恩，2012a：241）。他的早期小说往往以孩童的视角进行叙述，他认为，孩童看世界好比从另一个星球来的人看世界。第一人称可以建构一个紧张封闭的虚构世界。他在小说中尝试不同的青少年语言，让他们发出许多不同的声音。他刻画的往往是特殊情境中的人物：边缘的、异化的和以其他方式排斥于社会之外的人。他坦白地说，我所写的是"不安与焦虑"（Roberts，2010：27）。他的早期作品反映了青少年的性混乱世界、青少年的虚无或空虚本质。在他看来，青少年时期是人生的艰难的过渡时期，小说中使用的材料就是他自己的过去。他早期小说中的叙述者是异化的人物、局外人、反社会的人，这和他自己有着某种联系。那些人物是他自己的无知的戏剧化，因为他在英国社会中不知道自己处于哪个位置，感觉到了"一种奇怪的脱位的存在"。在访谈中，他说："我的父母都是工人阶级背景——勤劳而又贫穷。我的父亲在我很小的时候成为一名军官，但级别很低，这让我的家庭陷入了一种奇怪的存在的错位，然后我上了一所寄宿学校，它就是反映社会流动性的实验场：大多数孩子是工人阶级背景，他们被送到这所由国家资助的学校接受教育，这其实也是一种存在的真空。这些人物表达了我的孤独、我的无知以及我对于交流的渴望。"（Roberts，2010：69）从某种意义上说，他的写作是为了震惊世人。于是，从那时起，他将文学看成某一天会从事的神职。从某种程度上说，他的早期作品"反映了人类状况非常荒凉的图景"（Roberts，2010：59）。小说出版后，引起了评论界的广泛争议。评论界因他早期的几部著作中的精神变态者、道德败坏者、反社会者以及法律破坏者等形象，将他视为"人类真实本性以及令人迷惑的反常的社会的编纂者"（Slay，1996：5）。有的评论家对他的早期几部作品持批判态度，如《纽约时报书评》的评论者就认为，他的早期的一些小说完全模仿了纳博科夫和贝克特的手法，缺乏独特性（Moynahan，1979：9）。不过，也有一些学者高度评价他的早期小说。有学者指出，他是一位原创性作家，他对于废弃的城市风景的描写非常生动，因而能够制造一种具有威胁性的令人印象深刻的氛围（Blackwood，1978：55）。他的这一时期的作品具有标新立异的特征。

关于自己的写作成长经历，麦克尤恩承认马尔科姆·布拉德伯里（Malcolm Bradbury）对自己的影响。此后，他又结识了安格斯·威尔森（Angus Wilson），接着又撰文评论巴罗斯、梅勒、凯普特、厄普代克、罗斯和贝娄等人，他们的作品启迪了他。他说："我的人生在 1970 年发生了改变。"
（Roberts，2010：182）他告诉别人，最初，他只能写非常紧张的、幽闭恐
怖的情形。于是，他的这种想法决定了他的早期小说的某些特征，如时
间、地点不明确或具有震惊效应等。而且，麦克尤恩试图在写作中获得完
美。他认为，词语不可避免地在追求完美中挡道，因为不同的人对他们的
理解也不同，但这并不能阻挡麦克尤恩（Roberts，2010：195），这是因为
他的母亲对于语言的考究对他来说是一个关键的因素（Roberts，2010：
117）。麦克尤恩坦白地告诉公众，自己的文学基因来自母亲，因为母亲总
是小心翼翼地对待语言，这种态度给了麦克尤恩很大影响。母亲对于词句
的锤炼潜移默化地影响了幼小的麦克尤恩，这让长大后的他在小说创作过
程中学会了锤炼语言。

　　麦克尤恩认为，小说创作是没有地图的旅行。在小说的虚构过程中，
有一种张力：一方面，小说家觉得自己可以控制写作材料；另一方面，小
说家要凭自己的运气。小说家最终感觉自己只能掌握小说的部分材料
（Groes，2013：146）。而且，人是视觉的生物，小说最终是视觉的媒介。
关于创作方法，麦克尤恩认为，小说的独特之处在于：作为一种文学形
式，它的意蕴丰富，与其他人的思想和人性联系紧密。因此，作家必须抛
弃他的个性（Roberts，2010：100）。他认为，小说家要像天才一样思考，
像名家一样写作，像孩子一样说话（Roberts，2010：182）。因此，从某种
意义上说，作者就是上帝。他的这种创作理念与他的摄像机式地呈现社会
现实的方法联系紧密，尤其是他的早期作品，读者常常会感觉到，他在小
说中所描述的事情似乎就发生在自己的身边。

　　我们不难发现，麦克尤恩的早期作品与全球化的时间进展几乎同步，
因而它们自然也会刻上全球化时代的烙印。有学者指出，"任何一个具有
各种对抗因素的历史时代都引起不相似的、往往是不同种类的文学现象。
这些文学现象是时代所产生的，它们用各种各样的形式，其中包括用根本
反对再现时代特性的形式来表现时代"（赫拉普钦科，1977：257）。这句话
体现了文学与时代的紧密联系。在当今社会，现代化的生产方式破坏了传

统文明，也破坏了原本和谐的生态环境。人在这样的环境中显得无所适从，生存的困境成为其无法回避的问题。对于生存的关注成了小说家们进行创作的动力，也是他们写作材料的思想来源之一。他们在小说中通过刻画人物在生活中面临的各种矛盾、遭受的各种痛苦以及进行的各种挣扎，反映了他们对于生存主题和意义的深刻思考，表达了对于当今人类所处的生存境况的深切忧虑。

　　萨特说："作家的职能是使得无人不知世界。"（萨特，2005：108）意思是说，作家的职能就是要反映我们生存于其中的世界。在20世纪八九十年代，英国就涌现出一批新作家，他们用自己的创作反映自己所处时代的人的生存境况，既揭示这个时代人性和社会的阴暗面，又褒扬其中的闪光面。这些作家包括马丁·艾米斯、朱利安·巴恩斯、A. S. 拜厄特等。他们都立足于全球化和消费社会时代，他们的作品无不反映了全球化时代人类的生存状况。与此类似，麦克尤恩的作品亦全面揭示了全球化时代个体面临的各种危机。因此，将他的小说置于全球化的语境下进行分析和阐释，就能够发现他的作品深处隐藏的时代密码。尤其是他的早期作品，它们以"震惊文学"著称，作品中的人物多数是异化的人物、局外人以及反社会的人物，而且，他们往往也是特殊情境中的人物。鉴于麦氏作品中的怪诞场景，早期的研究者们戏称他为"恐怖伊恩"。作品引起的震惊效果是对这个世界的反思，杰克·斯莱将之描述为"礼仪下的道德败坏，平常下的怪诞"（Slay，1996：5）。这生动地总结了麦克尤恩早期作品的艺术特色，同时也深刻揭示了当前个体化社会中的个体面临的生存困境。他的早期作品在他的整个创作中占据了重要的地位，因为它们是麦克尤恩小说创作的起点，对于他的后期的小说创作具有重要的影响。而且，麦克尤恩的早期作品在小说观念、表现手法等方面与之前的作家具有很大的不同。他的作品形成了鲜明的风格，他的早期小说创作使英国小说进入了一个富于创造性的新时期。

　　人的问题是西方文学中的一个核心问题，而麦克尤恩的早期小说亦关注人的问题。他的早期小说通过描绘两性问题充斥着的暴力与困惑、混乱与挣扎，抨击了父权制观念以及由此引起的两性关系的畸变。在作品中，他通过描绘一幅幅当代社会的阴森恐怖的画面，刻画了一个个为欲望所折磨和扭曲的灵魂。这些作品既反映了社会的阴暗面，也表达了人们内心的梦想、渴望与追求。因此，它们充分反映了全球化时代人的生存状况，揭示了人在生存当中遇到的各种各样的问题。而且，他的早期作品"反映了人类状况非常荒凉的图景"（Roberts，2010：27）。这种荒凉的图景就是人类在个体化社会生存的本真样态。在其早期小说的书写中，人物的流动性及身份的不确定性非常明显，这与"个体化社会"个体的生存状态是一致的。作为生活在这个时代的个体就是一个流浪者，他们不知道自己的归属何在，甚至连自己的身份都无法界定。麦克尤恩通过小说中故事的叙述将社会历史现实与"个体化社会"的危机紧密结合起来，展示了一个伟大作家干预社会现实的写作伦理。麦克尤恩在此过程中，以其独特的写作方式来呈现：他将一腔热情降至冰点，客观、冷静、从容地刻画个体在不同层面上面临的危机，从而体现出他的"零度写作"风格。

二、国内外麦克尤恩研究综述

国外的麦克尤恩研究开始于 20 世纪 70 年代中期，而自 20 世纪 80 年代中期开始，系统研究麦克尤恩的专著开始进入读者的视野。我国的麦克尤恩研究则始于 20 世纪末，国内的麦克尤恩研究尚处于起步阶段，但近年来呈现出快速发展的势头。总的来说，国内外关于麦克尤恩的研究多集中于伦理道德、心理、文化、政治和历史等方面，其中，伦理道德批评一直是学界研究的重点，研究成果也最为丰富。

第一，针对麦克尤恩伦理道德的批评。国外的伦理道德批评主要基于主题研究。基尔南·瑞恩（Kiernan Ryan）的专著《伊恩·麦克尤恩》（*Ian McEwan*）于 1994 年问世，是关于麦克尤恩作品研究的最早的一部专著，对麦克尤恩 1992 年之前出版的作品作了颇有见地的评论。该专著用"让人不安的艺术"（the art of unease）来形容麦克尤恩的前期作品，通过对《最初的爱情，最后的仪式》《床第之间》《水泥花园》《时间中的孩子》《无辜者》等小说集和小说的细致分析，发现了这些作品当中的一系列让人不安的主题，如乱伦、性变态、暴力等。该专著评述了麦克尤恩在 1975—1992 年出版的所有作品，旨在挖掘麦克尤恩创作的道德意蕴。瑞恩认为，麦克尤恩将道德寓言寓于叙述当中，让小说反复呈现一种力量，扰乱我们道德的确定性（Ryan，1994：5）。戴维·马尔科姆（David Malcolm）的《理解伊恩·麦克尤恩》（*Understanding Ian McEwan*）采用传统的方法，基于文本细读，从叙事技巧、主题内涵以及现实意义等方面对麦克尤恩的小说进行了详细而系统的分析，内容涉及麦克尤恩的两篇短篇小说集以及随后陆续发表的小说，包括《阿姆斯特丹》。他从道德的角度阐释了麦克尤恩的诸多作品，认为麦克尤恩后期作品的道德内涵比早期作品更加丰富（Malcolm，2002：16）。詹姆斯·费伦（James Phelan）则在《体验小说》（*Experiencing Fiction*）中分析了《爱无可忍》（*Enduring Love*）中的叙事进程和判断以及读者和文本动力问题，并认为自己的分析和帕姆尔的分析互为补充。他提出了阐释、伦理和审美等三种叙事判断，并将之应用于《赎罪》的分析，取得了很好的效果（Phelan，2007）。多米尼克·黑德（Dominic Head）的《伊恩·麦克尤恩》（*Ian McEwan*）基于伦理批评，采用文本细读的方法，对麦克尤恩小说中的"自我"问题进行了考察，讨论了自我与道德的问题。黑德强调了"小说和小说家在促进伦理的世界观方面所发挥的作用"（Head，2008：8）。黑德认为，麦克尤恩秉承了英国文学与默多克作品紧密联系的传统，该传统谨慎地思考小说和小说家在促进伦理世界观方面所发挥的作用。黑德指出，麦克尤恩小说创作的主要动机之一，就是要将偶然性对生命的重要影响戏剧化，探究人物经历不可预见事件之后所承受的考验（Head，2008：11-12）。

　　林恩·韦尔斯（Lynn Wells）在《伊恩·麦克尤恩》（*Ian McEwan*）中就麦克尤恩小说中的道德评判与审美结构之间的问题作了详细的探讨。他考察了麦克尤恩创作中的伦理道德问题，特别关注麦克尤恩作品中道德问题的讨论与小说文类、叙述结构、叙述声音等形式审美建构之间的复杂关系。他的研究涵盖麦克尤恩 2007 年以前出版的所有小说，质疑了批评界就麦克尤恩艺术创作涉及的道德观所做的简单化线性概括。他认为，麦克尤恩小说的创作技巧与形式日趋完善，读者需要通过自己的思考对其小说中的道德问题作出评判（Wells，2009：55），这因而成为他的研究中的亮点。斯旺谢·穆勒（Swantje Möller）的《同危机达成妥协：伊恩·麦克尤恩小说中的错位与重新定位》（*Coming to Terms with Crisis：Disorientation and Reorientation in the Novels of Ian McEwan*）以列维纳斯的伦理观为基础，通过对麦克尤恩的 10 部小说的分析，从后现代性的错位与重新定位、偶然性与危机以及过渡与转变等三个方面论述了麦克尤恩小说中的危机应对问题（Möller，2011：15）。该文借鉴法国哲学家列维纳斯有关他异性（alterity）的理论，探讨麦克尤恩主要小说人物在后现代语境下遭遇的伦理困境，该研究将西方当代哲学研究成果应用于麦克尤恩小说研究，为诠释文学与伦理学的互动关系作出了有益的探索。大卫·欧哈拉（David O'Hara）的博士论文《模仿与可想象的他者：麦克尤恩小说中的元小说叙事伦理》（*Mimesis and the Imaginable Other：Metafictional Narrative Ethics in the Novels of Ian McEwan*）聚焦于麦克尤恩作品的伦理之维，认为作者与读者、文本与世界的伦理关系的展现得益于作家的带有自我意识的叙述（O'Hara，2010）。而他在《"布莱奥尼存在的理由"：伊恩·麦克尤恩〈赎罪〉中的元小说叙事伦理》（*Briony's Being-For：Metafictional Narrative Ethics in Ian McEwan's Atonement*）一文中认为，《赎罪》不是通过否定"现实主义"图景来建立自身的虚构性，而是借自我意识的叙事来重新审视作者、读者、文本和世界之间的"伦理情结"（O'Hara，2011：74-100）。

国内关于伦理道德批评主要集中于人性和危机研究等方面。程心在《"时间中的孩子"和想象中的童年：兼谈伊恩·麦克尤恩的转型》中指出，《时间中的孩子》以走失的孩子为线索，通过人物影射浪漫文学、极权政治和自然科学对童年的不同构想，表明孩子既不是文学家笔下完美的理想，也不是政治家手中统治的工具，而是人性的真实存在。在面临困境时，人们应该平衡个人与社会、主观世界与客观世界之间的关系（程心，2008：87）。沈晓红的博士论文《伊恩·麦克尤恩主要小说中的伦理困境》主要从自由的悖论、伦理反乌托邦和伦理两难之境等方面来阐释小说中的伦理困境(沈晓红,2010:1-123)。通过对《水泥花园》《时间中的孩子》《赎罪》这几部作品的讨论,作者意在表明,麦克尤恩对伦理困境的探讨顺应了时代伦理环境的变化,体现了麦克尤恩高超的写作技巧。罗媛的博士论文《移情视域下的伊恩·麦克尤恩小说研究》以伦理批评为理论框架,以"移情"为切入点,深入分析了麦克尤恩六部主要小说中自我与他人之间的多种移情类型以及相关的伦理道德问题,从而实现对复杂人性的质疑和探询(罗媛,2012:1-169)。

　　第二,针对麦克尤恩心理批评的研究。国外的心理批评主要围绕精神分析来展开。伯妮·伯恩斯(Bernie C. Byrnes)在《伊恩·麦克尤恩作品中的性与性行为》(*Sex and Sexuality in Ian McEwan's Work*)中描述了麦克尤恩作品中人物在性心理方面走向成熟的历程,并论述了性与性行为的重要社会意义(Byrnes,1995)。伯恩斯的《从精神动力学角度解读伊恩·麦克尤恩作品》(*The Work of Ian McEwan:A Psychodynamic Approach*)借助荣格(C. Jung)、埃里克森(E. Erikson)等人的精神分析理论,结合麦克尤恩的个人生活经历,对麦克尤恩《阿姆斯特丹》之前的作品进行了新颖的解读,认为麦克尤恩的可贵之处在于他从无意识深处呈现写作素材,指出这些素材在不同层面与作品中人物意识和读者阅读体验交织成一体(Byrnes,2002)。朱迪斯·西伯亚(Judith Seaboyer)在《施虐狂要求的故事:伊恩·麦克尤恩的〈只爱陌生人〉》(*Sadism Demands a Story:Ian McEwan's The Comfort of Strangers*)中指出,《只爱陌生人》一方面是关于性施虐受虐和仪式化谋杀的极端恐怖故事,另一方面又是对于历史、文化和心理分析叙述的深切反思,这种叙述为这样的一种主导性虚构服务,即我们对于家庭和睦和男性主体的充分作用要有信心。该文还基于精神分析理论,分析了《只爱陌生人》中的一种被称为"视觉快感与叙述影像"的叙事模式(Seaboyer,1999:957-986)。克劳迪亚·斯葛姆布格(Claudia Schemberg)的《与自我达成和解:伊恩·麦克尤恩的〈时间中的孩子〉〈黑犬〉〈爱无可忍〉和〈赎罪〉中的故事讲述和自我概念》(*Achieving 'At-one-ment':Storytelling and the Concept of the Self in Ian McEwan's The Child in Time,Black Dogs,Enduring Love, and Atonement*)对书中所涉及的几部小说中的自我概念进行解读。斯葛姆布格重点分析了这几部小说中"自我"的叙述性建构和小说意义的创造之间的关系，虽然麦克尤恩的小说中充满了危机与偶然性，但其对生存意义的追寻不可忽视(Schemberg，2004：16)。

佩吉·奈普的文章《伊恩·麦克尤恩的〈星期六〉与散文美学》从句法学角度分析人物佩罗恩的思想状况，认为小说《星期六》提供了一个有趣的案例，因为人物思想状态的意象具体鲜明，它在非小说术语中脱颖而出，并制造出一种可以揭示神秘的现实影子的超现实主义(Knapp，2007：141)。奥尔加·科克斯·卡梅伦(Olga Cox Cameron)在《英式优雅的拉康式审视：对伊恩·麦克尤恩〈爱无可忍〉的几点反思》(*A Lacanian Look at English Elegance：Some Reflections on Ian McEwan's Enduring Love*)中，采用拉康的精神分析理论来分析《爱无可忍》中人物的无意识，并阐释了所谓的"英式优雅"(Cameron，2002：1153-1167)。杰克·斯莱在文章《时间的破坏性：伊恩·麦克尤恩的〈时间中的孩子〉》中认为，《时间中的孩子》以家庭团圆、生命复苏与爱的复活结尾，它是一部魔幻式作品，充满了爱、温暖与希望(Slay，1994：205)。戴维·马尔科姆(David Malcolm)在《理解伊恩·麦克尤恩》(*Understanding Ian McEwan*)中认为，《只爱陌生人》体现了过去与现在的冲突，以及过去对现在的毁灭；而且，人物内心的孤独与外部世界的喧闹形成了鲜明的对比(Malcolm，2002：5)。

国内的心理批评主要聚焦于心理认知方面。龙江在《心灵的孩子　神奇的时间：伊恩·麦克尤恩〈时间中的孩子〉解读》一文中认为，小说中反复出现的复杂的"孩子"与"时间"意象，不仅巧妙地把各部分情节联结起来，而且彰显了童年与成年之间的微妙关系，以及找寻每个人心中的"孩子"的必要性：用以抵制成人世界的丑恶与异化。小说认为，"时间"并非一种确定的状态，而是一种神奇的生命本质，一种难以形容的存在。面对纷繁杂乱的社会，人们只有找寻到内心的"孩子"，才能从中汲取精神养分，以维系和巩固他们之间的纽带(龙江，2005：70)。舒奇志在《主体的欲望与迷思：解读伊恩·麦克尤恩的〈时间中的孩子〉》中认为，孩子和时间是《时间中的孩子》这部作品的两个重要意象。通过它们，我们可以窥见小说围绕着追寻失去的童年本真这一主题，即追寻主体的镜像域，反映了处于象征域的成年人在寻求未曾被他者欲望所引诱的本真欲望与大写的他者相遇时所遭遇的迷思和尴尬，而时间是主体连接不同界域的介体。作品通过主人公对于缺失之物的追寻表达了作者对于社会存在的深切忧思，体现出浓厚的现实批判意义(舒奇志，2008：83)。邹涛的《叙事认知中的暴力与救赎：评麦克尤恩的〈赎罪〉》阐明了"叙事认知暴力"带给人类的后果，指出了虚构世界的危险性，同时又提供了相关解决方式。叙事认知的暴力指的是，在叙事认知的过程中，把自己的认知图式强加于他人，以至对相关人构成身体或情感的伤害或威胁。伊恩·麦克尤恩的《赎罪》形象而具体地呈现了这种暴力威胁，表明虚构世界的危险是人类认知的普遍困境。他对此的拯救之道是以责任之心服务于现实，为现实提供充满希望的其他方法，同时又给予读者接近真相的可能性(邹涛，2011：67)。

　　第三，针对麦克尤恩文化批评的研究。国外的文化批评主要有：霍森·裴安迪(Hossein Payandeh)的博士论文《警世噩梦：伊恩·麦克尤恩小说研究》(*Waking Nightmares：A Critical Study of Ian McEwan's Novels*)基于文化批评，系统研究麦克尤恩2000年前出版的所有小说。该论文为"恐怖伊恩"辩解，认为批评界对麦克尤恩的作品进行了很多误读，并提出自己的观点，即麦克尤恩的作品是通过想象来对社会文化进行反映的，而且，麦克尤恩对当代生活中的最紧迫问题的批判性探究贯穿于他的整个创作(Payandeh，2000：15)。科迪斯·卡博奈尔(Judith Carbonell)在《麦克尤恩的〈持久的爱〉中科学与人文的一致性》中认为，在《持久的爱》中，麦克尤恩向读者展示了一个完美的例子：文学思想家如何聆听科学的声音并与之对话。该文关注斯蒂芬·格林伯格(Stephen Greenberg)的理念，即小说中的亲达尔文主题是怎样影射社会现实的。文章认为，该小说隐含着一种深层结构：即科学与人文之间的张力(Carbonell，2010：3)。保罗·爱德华兹(Paul Edwards)在《伊恩·麦克尤恩的〈时间中的孩子〉的时间、浪漫主义、现代主义与中庸》(*Time，Romanticism，Modernism and Moderation in Ian*

McEwan's The Child in Time）中，从文学和文化的视角，对社会制度进行批判，影射当时英国政治体制缺乏人文关怀和合理性（Edwards，1995：41-55）。

然而，国内的文化批评主要是围绕文化的话语模式来展开的。宋艳芳的《小说何为？从麦克尤恩的〈星期六〉看小说的功能》从文化的角度分析了《星期六》，说明了小说作为文化话语、伦理范式、预言方式、主观模式等的功能。作者认为，该小说既是对人性、伦理、科学、文化、政治等方面的探讨，也是对科学与人文的争议的一种思考（宋艳芳，2013：120）。刘春芳的《〈水泥花园〉中的"水泥花园"意象研究》从文化的视角向读者表明，水泥花园就是对我们当今生活的世界的生动描绘（刘春芳，2013：71-76）。王悦撰写的博士论文《镣铐中的舞蹈：伊恩·麦克尤恩的小说与不可靠叙述》从文化关注、两性关系以及成长主题等三个方面系统地分析了麦克尤恩小说的不可靠叙述特征，并将不可靠叙述的表现类型分为六种：人物型、信息型、复调型、视角型、分层式和元小说式（王悦，2013：1-259）。

第四，针对麦克尤恩政治批评的研究。国外的政治批评主要围绕政治意识、父权意识形态来展开。艾米莉·霍顿（Emily Horton）在文章《重估两种文化的争议：伊恩·麦克尤恩的〈时间中的孩子〉与〈持久的爱〉中的大众科学》中指出，《时间中的孩子》是对时间本质的追寻，也是对不可逾越的危机的救赎的可能性的探讨。对众多批评家来说，《时间中的孩子》代表了一种新的权威。它的政治意识明显，甚至是对政治的质疑，同时，它基于认识论与伦理学的视角直面当代的社会危机（Horton，2013：690）。帕斯卡尔·尼克拉斯（Pascal Nicklas）的《伊恩·麦克尤恩：艺术与政治》（*Ian McEwan：Art and Politics*）主要是对麦克尤恩后期小说带有的政治倾向作了详尽的论述。该作品的观点是，政治、哲学、美学和科学话语渗透于麦克尤恩的后期小说，如《黑犬》中有关柏林墙倒塌的政治话语、《星期六》中有关达尔文进化论以及医学方面的话语等，作家通过这些话语来反映社会存在。麦克尤恩的与政治相关的小说还有《无辜者》《阿姆斯特丹》和《赎罪》，其中的政治和艺术关系随着作家创作技巧的提高，呈现出复杂的特征

（Nicklas，2009）。

安琪拉·罗杰（Angela Roger）在《伊恩·麦克尤恩作品中的女性人物形象》（*Ian McEwan's Portrayal of Women*）中从政治意识形态出发，指出以《时间中的孩子》为分水岭，之前作品中的女性多是父权系统下的受害者形象，之后作品中的女性则多是备受肯定和褒扬、孕育生命、滋养男性的女性形象。作者据此认为，麦克尤恩早期作品中的女性人物与男性人物差别巨大。女性人物多为受害者或拯救者，她们神秘、敏感并富于创造性；而男性人物多无作为或具有暴力倾向。该文作者对麦克尤恩的父权批判意识持肯定态度，但也提到了麦克尤恩作为男性作家在写作方面的局限性（Roger，1996：11-26）。安雅·穆勒-伍德（Anja Müller-Wood）与卡特·伍德（Carter Wood）在《将过去置于掌控之下：伊恩·麦克尤恩〈黑犬〉中的历史、身份与暴力》中认为，《黑犬》是麦克尤恩从历史现实遁入喜悦的、与历史无关的天真状态的一个明证，在此，他的政治直觉极度缺乏，而且他与小说主人公和他们的命运之间保持着一定的非批判性的距离。尽管小说在主题和形式上佐证了这一观点，但麦克尤恩不仅迎合了个体对于历史故事情节的需求，而且为自"冷战"结束后盛行的非历史批判立场提供了一个具有挑战性的反叙事（Müller-Wood，2007：45）。戴维·马尔科姆（David Malcolm）在《理解伊恩·麦克尤恩》（*Understanding Ian McEwan*）中认为，麦克尤恩的早期作品关注社会问题，探讨了救赎的可能性；中期作品关注的是资本主义社会的政治和历史的维度（Malcolm，2002：5）。

国内的政治批评则聚焦于空间政治、物化等方面。林莉的《论〈星期六〉的空间叙事策略》认为，该小说运用独特的空间叙事策略，讲述了一位外科医生一天的生活经历；通过对伦敦的全景画式的勾勒，反映了21世纪全球化背景中人类生活面临的困境，如恐怖主义的威胁等（林莉，2013：47）。李菊花的《论麦克尤恩〈星期六〉中的交往思想》运用哈贝马斯的交往理论对《星期六》进行分析，认为佩罗恩和巴克斯特的矛盾是人与人之间物化交往的必然结果，并指出语言在交流当中的重要性。要避免人与人之间关系僵化、物化，语言交流是最基本的途径。家庭在其中可以扮演非常重要的作用，是实现人际沟通的重要环节(李菊花，2013：39)。邱枫的《男性气质与性别政治：解读伊恩·麦克尤恩的〈家庭制造〉》批判了传统的霸权性男性气质，提倡建构一种新型男性气质体系(邱枫，2007：15-20)。申圆的博士论文《伊恩·麦克尤恩小说中的伦敦映象研究》以麦克尤恩的三部作品《最初的爱情，最后的仪式》《时间中的孩子》《星期六》为例，对其作品中的伦敦印象进行了分析，得出了以下结论：城市试图建构一种秩序，结果却是混乱的(申圆，2013：1-149)。

第五，针对麦克尤恩历史批评的研究。国外的历史批评主要是将历史作为一种记忆来进行分析。朱迪斯·西博伊尔在文章《牧歌与瘟疫：见证伊恩·麦克尤恩的〈黑犬〉中的邪恶的基本问题》中指出，麦克尤恩的《黑犬》是"以见证的方式改变历史的文学之旅"，这在很大程度上是通过与传统牧歌文体、阿瑟·库埃斯特勒的《练瑜伽者与人民委员》以及阿尔伯特·加缪的《瘟疫》等的互文性来实现的(Seaboyer，2014：494)。皮勒·希达尔哥在文章《伊恩·麦克尤恩的〈赎罪〉中的记忆与故事讲述》中指出，在《赎罪》中，麦克尤恩将历史经验与个人生活结合起来，展示了英国文学史的多重维度，同时也见证了历史的虚构，在此之后，它成为民族神话的一部分，并让读者感受到了历史中鲜活的个体(Hidalgo，2005：90)。尼克·本特利(Nick Bentley)在《当代英国小说》(*Contemporary British Fiction*)中指出了《赎罪》中的现代主义技巧，讨论了身份、历史与记忆的关系(Bentley，2008)。彼得·马修(Peter Mathews)在《追寻维多利亚人：麦克尤恩〈在切瑟尔沙滩上〉中的历史拐点》(*After the Victorians: The Historical Turning Point in McEwan's On Chesil Beach*)一文中认为，麦克尤恩所描述的性观念与维多利亚时期的性观念非常吻合。该文作者随后剖析了该历史拐点的重要历史内涵(Mathews，2012：82-91)。蒂莫尼·戈西尔(Timothy Gauthier)在《叙事欲望与历史修复》(*Narrative Desire and Historical Reparations*)中认为，小说《黑犬》反映了麦克尤恩的后大屠杀焦虑。在关注历史的同时，也是对人类犯下的诸如大屠杀这样的严重罪行的控诉，认为大屠杀是一种全球性的、人类社会不可避免的对于本真的丧失。这不仅是社会层面的，也是个人层面的(Gauthier,2009：104)。

国内的历史批评则主要集中于历史再现与历史危机研究。陈榕的《历史小说的原罪和救赎：解析麦克尤恩〈赎罪〉的元小说结尾》认为,《赎罪》是一部写实性历史小说,麦克尤恩通过写作展现了历史小说的虚构本质。其元小说结尾不仅反映了麦克尤恩叙述历史、再现历史的努力,而且体现了他对历史小说的虚构这一本质的清醒认识。麦克尤恩的叙述策略回应了当代英美小说经历后现代主义洗礼后的现实主义回潮(陈榕,2008：91)。胡慧勇的博士论文《历史与当下危机中的伊恩·麦克尤恩小说》以《阿姆斯特丹》《赎罪》《黑犬》《星期六》为例,分析了麦克尤恩小说中的历史认识危机、伦理道德危机以及宗教与信仰危机,认为危机是贯穿麦克尤恩小说的关键词之一(胡慧勇,2013：1-234)。

除了以上研究外,麦克尤恩研究中也有一些富有社会学思想的作品。

第六,针对麦克尤恩的社会学思想的研究。彼得·查尔兹(Peter Childs)的《伊恩·麦克尤恩的小说》(*The Fiction of Ian McEwan*)的内容涉及麦克尤恩的所有小说,一直到《星期六》为止。查尔兹指出,贯穿麦克尤恩创作过程的是个人对片刻危机的反应,不带感情地呈现温情与残忍的关系(Childs,2005：6)。恰尔兹认为,麦克尤恩早期的两部小说集《最初的爱情,最后的仪式》《床笫之间》以及早期的两部作品《水泥花园》《只爱陌生人》都可以用"震惊文学"来描述,因为这些作品描写的都是肮脏的性行为、儿童的受虐以及人与人相处中出现的暴力等情节,描述了"荒凉的、令人窒息并违背了传统的人类生活境况"(Childs,2007：2)。他还指出,《时间中的孩子》最具广阔的社会学视角,作为社会的基本单位,家庭成为该作品的一个核心主题。而且,该作品也描述了政府对于《育儿手册》的态度。因此,该作品非常详细地从社会学角度刻画了20世纪80年代的英国社会。对于《无辜者》,他认为,它不仅是一部题材比较特殊的、关于《冷战》的间谍小说,也是一部描写20世纪50年代国际社会政治环境的小说。至于其他小说,如《阿姆斯特丹》《赎罪》《持久的爱》《星期六》等,它们描绘了西方社会的婚姻危机、恐怖主义以及战争等重要主题(Childs,2007：4)。总的来说，在麦克尤恩的小说书写中，贯穿着个人对社会中片刻危机的反应。杰克·斯莱(Jack Slay)的专著《伊恩·麦克尤恩》(Ian McEwan)主要分析了麦克尤恩前期小说中的人物之间的关系以及他们的社会关系。他将麦克尤恩的早期作品称为"震惊文学"(literature of shock)，将《时间中的孩子》及以后发表的作品描述为"更具社会意识的文学"(more socially conscious literature)，这是由于麦克尤恩的后期作品更为真实地反映了当今世界的混乱。斯莱认为，麦克尤恩的作品揭示了人与人之间的关系，作品中的暴力与混乱反映了社会的混乱与残酷，进而反映了社会的痼疾。斯莱指出，麦克尤恩继承了英国批判现实主义传统，用自己的良知批判了社会的阴暗面(Slay，1996：4)。斯莱认为，麦克尤恩的小说是对当代社会的生动而黑暗的描绘(Slay，1996：6-7)，并认为麦克尤恩的早期作品是对社会底层人物的生存境况的描述，而他们是社会中不可缺少的群体。

林恩·韦尔斯(Lynn Wells)在《伊恩·麦克尤恩》(Ian McEwan)中亦认为，麦克尤恩的作品展示了人们与过去的矛盾关系，明知过去不可知，却不能阻止他们试图知道，认为麦克尤恩的作品旨在改善人与人之间的理解与相处(Wells，2009：21)，因而具有典型的社会学思想。瑞恩·罗伯茨(Ryan Roberts)在《麦克尤恩访谈录》中关注了麦克尤恩作品中的社会性主题，如男女之间的关系、恐怖主义、写作与社会生活、历史、人文等主题(Roberts，2010：12)。赛巴斯蒂安·格勒斯(Sebastian Groes)编辑的《伊恩·麦克尤恩：当代批评视角》(Ian McEwan：Contemporary Critical Perspectives)中收录了相关研究论文12篇和访谈录1篇，它们揭示了麦克尤恩小说的不同的社会主题。《麦克尤恩早期作品中的超现实主义因缘》一文的作者认为，《最初的爱情，最后的仪式》是一种色情想象的表达，《床笫之间》是一种粗俗物质主义和无形政治的表达，《水泥花园》是一种超现实主义转向。在接下来的章节中，主要是从现代主义视角对《赎罪》和《星期六》进行的解读，而其余的是对其他作品的解读，角度新颖，涉及面广(Groes，2013)。格勒斯认为，麦克尤恩是我们这个时代的伟大制图家、历史见证者和编年者，他的作品反映了当代社会的各种问题(Groes，2013：2-3)。

在《星期六》中，他指出，该小说反映了个人与社会的关系。由于战后私人与公共关系的断裂，我们对当今世界的理解愈发不确定（Groes，2013：108）。斯旺谢·穆勒（Swantje Möller）指出，在《时间中的孩子》中，孩子的丧失意味着后现代社会的命运：社会失去了作为人的感觉。他还从社会交往的角度认为，缺乏交流是麦克尤恩小说中反映的一个重要主题，它反映了人类存在的危机（Möller，2011：162）。以上这些社会学思想丰富了麦克尤恩小说研究，也为后续研究提供了宝贵的素材。

近年来国内关于麦克尤恩研究的文章和学位论文层出不穷，这说明麦克尤恩的作品在我国的受重视程度愈来愈高，但与国外关于麦克尤恩的研究相比，国内麦克尤恩研究尚处于起步阶段，并呈现以下特征。第一，研究焦点的局限。现有的研究多集中于某一部作品，如《赎罪》，而对其他作品的关注度较低，并缺少对其创作的整体性把握。第二，国内学者对麦克尤恩的研究视角缺乏新意。国外的研究总体上日益成熟，且颇具深度，相比之下，国内麦克尤恩研究缺乏广阔的学术视野和新颖的研究视角。虽然国内外对麦克尤恩作品研究在一些领域的探讨上获得了很大的进展，但是以社会学视角为研究进路，切入麦克尤恩作品研究，尚未形成系统化研究。这为本书以社会学中的"个体化"概念探讨麦克尤恩的作品留下了很大的研究空间。

三、理论视角与研究思路

齐格蒙特·鲍曼（Zygmunt Bauman）（1925—2017 年）是英国著名社会学家，也是后现代性最著名的思想家之一。在鲍曼看来，社会本可以让个体体验永恒，帮助个体消除对生命的恐惧，为个体的生活增添意义，尤以家庭和民族的功能最为典型；然而，个体化社会却丧失了这种重要的功能。无情的社会分化导致人类生活状况处于不确定性当中，从而引发了一系列危机，诸如多重的社会矛盾，一些重要概念的模棱两可，个体生活的毫无保障，道德的沦丧以及原有价值观念的彻底转变等。尽管秩序让人受到束缚，但是模棱两可也会让个体觉得不安，这是因为个体既需要自由，也需要保障。因两者不可同时获得，让个体深受其困。在个体化社会，道德的内涵是矛盾的和模糊的，道德与理性无法共存。个体生活被分割成瞬间满足所需的短暂片段，个体只能享受瞬间的满足，个体离永恒愈来愈远。

在个体化社会，社会的分化使个体的权利以及个体与公众之间的交流日益弱化，这给民主造成了双重的威胁。暴力与非暴力的划分标准也是模糊的，而且，话语和意识形态的霸权扭曲了合法性的真实内涵（鲍曼，2002a：9）。而且，个体化社会的性爱革命割裂了性、性爱与情爱之间的纽带。性爱塑造了个性，即追求瞬间的满足，进而影响了人际关系网。个体在其中感到无所适从，因为不确定性和模糊性充斥其中，个体不清楚常规为何物。

随着"冷战"的结束，资本以史无前例的强大力量在全球范围内扩张，这加速了经济全球化的进程，同时也促成了国家、民族、主权等在结构层面的瓦解。20世纪六七十年代，由于资本的全球化，资本主义国家的经济开始脱离控制，给资本主义国家带来了危机。哈贝马斯认为，全球化时代始于20世纪70年代，其标志是，在全球市场的压力下，福利国家出现危机，民族国家逐渐成为全球资本自由流动的障碍（哈贝马斯，2002：91）。鲍曼比喻道，"在全球化这场卡巴莱歌舞表演中，国家要跳脱衣舞。到节目结束时，它光溜溜地只剩下了遮羞布——镇压权。民族国家的物质基础被摧毁了，主权和独立被剥夺了，政治阶级被消除了，它也就成了那些大公司的一个普普通通的保安部门"（鲍曼，2001：63）。在这里，鲍曼生动地描述了国家、主权和政治在全球化时代发生的变化。全球化以无序性、不确定性和相互依赖性为主要特征。全球化既是幸福的源泉，也是悲惨的祸根，它是世界发展进程中无法扭转的趋势。首先，它完全是非蓄意和非预期的，"全球化概念所传递的最深刻的意义就在于世界事物的不确定、难以驾驭以及自力推进性中心的缺失、控制台的缺失、董事会的缺失和管理机关的缺失"（鲍曼，2002：27）。其次，全球化时代的秩序正处于建构当中，因此，全球化意味着"自我推动、自然闲适和游移不定的过程，无人端坐指挥台，无人出谋划策，更不用说有人对全部结果负责任"（鲍曼，

2001：57）。最后，"全球图景"是全球化时代的一个互为依存的网络，在这个网络中，"我们所有人彼此交往出现从未有过的密切。我们也从未有过共享日常生活。由于局部事件可以成为全球效应的诱因，我们因此也必然要分享更多的风险"（Bauman，2003b：15）。全球风险社会就是一种新的社会形态，它充满了不确定性与矛盾性，全球化与个体化是其两个重要方面。全球化在宏观层面上的无序以及个体化在微观层面上体现的不确定性对各个领域都产生了深远的影响。

在全球化时代，民族国家的功能仅限于为市场统治服务，真正引导社会整合和持续发展的机制是消费市场。它加速了社会的个体化进程，让社会需求变成个体消费。于是，个体性存在就由消费活动来界定。这种全球范围内以消费主义为主轴的社会出现了它特有的个体化形式，它迥异于原属于各民族国家的社会的个体形式，并对后者造成了冲击。这种个体性是一种自我认同，并获得了人们的狂热追求。而伴随这一现象的是紧张、对抗和冲突的产生。鲍曼认为，这是"全球化和个体化产生的压力以及这些压力所引发的各种紧张带来的副作用和副产品"（鲍曼，2002b：194）。因此，个体化和全球化都是自我推进的结果，它们是相互关联的。

另外，消费文化在当今世界也扮演着重要角色。鲍曼指出，"消费文化"成为当前时代的重要特征，是当代社会运转的核心。"这一词有两层含意：首先是经济的文化维度，符号化过程与物质产品的使用，体现的不仅是实用价值，而且扮演着'沟通者'的角色；其次是在文化产品的经济方面，文化产品与商品的供给、需求、资本积累、竞争及垄断等市场原则一起，运作于生活方式领域之中。"（费瑟斯通，2000：123）当今人们对于过去的回顾、未来的憧憬以及对于当代的世界观、价值观的反思等都会因消费理念和消费市场的改变而受到影响。在这样的时代背景下，权力中心和具有权威性话语的场域均无从产生。在当今时代，市场无需借助外力就能决定价值，社会力量的形成取决于个人的消费活动。于是，个人的消费选择不必屈从于理性的束缚，也不需要对自我进行规范管理。但是，消费市场的这种至尊性带来了严重的后果。消费市场的诱惑降服了人的合理判断能力，削弱了人与人的联系，进而削弱了人们的交往能力，而这是社会关系维持的重要基础。市场的不确定性动摇了人与人之间稳定的关系，使人们的交往趋于短暂和灵活多变。

鲍曼认为，社会学批评的任务就是要重新表述日新月异的人类状况，而且，表述也是处于社会中的个体所具有的权利和需要履行的职责。作为杰出的当代思想家，鲍曼经历过多重思想转型。在其众多社会学著作中，他对后现代的生存状态和后现代思想进行了全面的描绘，内容涉及多个领域，理论批评亦跨越多个学科，读者从他的字里行间能够感受到他对人类生存状况的深切关怀。

本书选择鲍曼的"个体化社会"作为理论依据来分析麦克尤恩的作品，是因为鲍曼的"个体化理论"与当前的英国社会之间具有深刻的对应关系。我们知道，英国一度启用过战后共识政治，它主要包括三项基本内容：凯恩斯主义需求管理、混合经济以及福利国家（王皖强，1999：37）。其中的福利国家政策一度非常深入民心，但久而久之，福利国家政策亦逐渐暴露出自身的弊病。人们通常称之为"英国病"，这主要表现在通货膨胀严重、经济衰退、失业人数增加等。作为全球化时代的一个小小缩影，英国的这种社会状况无疑是个体化社会危机的一种典型代表。鲍曼直接针对英国社会的这种危机状况来建构自己的社会学理论，因而他的社会学思想起到了回应英国社会现实的作用。

麦克尤恩作为一名对英国社会现实密切关注的当代作家，他理所当然会运用手中之笔来描述当代英国社会人们的生存状态。麦克尤恩关于小说创作的理念是：关于想象与道德的非常复杂的混合体。他认为，小说的价值之一是进入别人的头脑，它优于电影。小说是一种观看自我形象的开放方式（Roberts，2010：112）。他指出，"人们用证据扭曲自己的记忆。我认为存在等待我们去调查的现实。在这种意义上，我是客观主义者。通过感觉和认知，我们建构这个世界。通过人物的眼睛感知真理。我讨厌有一种严重的反理性主义倾向"（Roberts，2010：189）。与同时代作家的各种形式技巧相比，麦克尤恩更强调对社会境况的反映。总的来说，他的小说明显具有现实主义特征，少数作品亦具有自反式元小说的特征。他在作品中生动具体地描述了当代人的生存状况，因而被誉为"我们这个时代最优秀的地图绘制者"（Groes，2013：1）。人物描写是他的小说的一个重要特征，这与后现代社会主体性消解的热潮构成明显的反差。在访谈中，麦克尤恩指出，19 世纪小说的意图与人物概念紧密相连。该时期的小说将意图、人物概念形式化，例如，塑造人物，绘出他人思想状况，邀请读者进入他人脑海等，在他看来，这是探求人类生存状况的非常重要的中心方案（Roberts，2010：155）。这不仅说明了麦克尤恩是一位小说家，而且可以看出他作为一位社会学家的一面。

齐格蒙特·鲍曼作为英国当代最负盛名的社会学家，无疑对英国社会的现状非常了解。他认为，英国当代社会就处在"个体化社会"的转型当中。这样，在理论方面鲍曼为当代的英国社会绘制了一幅"个体化社会"的理论图景，而在文学方面，麦克尤恩通过人物形象塑造的方式揭示了英国当代社会人们的实际生存状况，因而鲍曼的理论与麦克尤恩的小说之间形成一种"契合"关系：这就是对当代英国社会发生的各种危机的展现。

鲍曼对"个体化社会"的特征进行了深入的分析。所谓个体（Individual），从浅显意义上来说是经验主体，即具有言说和思维功能的、构成人类社会不可再分的最小单位；从地位的角度来说，个体化指的是每个人作为一个权利主体或一个人而被赋予平等的资格（Bauman，2001：3）。个体化意味着以前的社会形式（诸如阶级、社会地位、家庭、邻里等）的瓦解（Bauman，2001：2）。个体因生与死、社会冲突与和谐以及个体与社会之间因独立与依赖的关系，都始终处于一种爱恨交织的矛盾状态。由于人类这种不可消解的矛盾，个体与社会的互动关系在古典、中世纪和现代的历史发展进程中出现以社会为轴心向以个体为轴心转变的历史发展逻辑：在古典时期，个体为了实现自身价值与社会分离；在中世纪，基督教使个体具有出世与入世的二重性，实现了个体与社会关系的互动与平衡；但在宗教改革和文艺复兴之后，个体逐渐被迫从"共同体"中剥离出来而进入一种以个体为轴心的"社会"。这就标志着历史进入一个以国家权力为圆心、权力渗透为半径、疆域内所有个体为圆周的现代社会。

到了个体化社会，人类又开始过渡到一个以个体为圆心、全球为圆周、消费欲望为半径的新时代。个体化经历了两个阶段：在西方现代化前期与社会化进程一致的强制型个体化，以及在当前全球化时代与全球化进程一致的引诱型个体化。强制型个体化指的是由于资本主义的迅猛发展，传统的有机共同体遭到了瓦解，产生了个体的自我意识，于是，个体化进程大大加快。个体虽然脱离了传统的等级关系，却又很快进入有着新规范秩序的现代社会。"现代社会的个体在自身发展方面呈现两个不同的特征：一方面是个体化，即个体对自己的行为具有自主实施的能力；另一方面是社会化，即社会通过法律规训手段督促个体在道德实践方面进行自我规定和自我控制。"（Bauman，2001：35）可以见出，社会化主导下的个体化具有强制性，个体化是不彻底的。不仅如此，这个个体化进程还受国家或社会的统一控制，个体化活动只能是以不危害社会整体利益为前提的。

不过，当资本溢出民族国家范围而在全球流动时，个体化也突破了民族国家的范围，成为一种全球现象。在这种意义上，鲍曼认为全球化和个体化是两个并行不悖、彼此关联的进程（Bauman，2001：151）。二者的关联如下：资本主义是链接全球化进程和个体化进程的中轴，而消费主义则是维系二者的纽带。二者都受制于资本主义的作用，资本不断冲破民族国家的限制而在全球范围流动，这样，民族国家的功能明显衰微。个体化的目的之一是尽量满足所有个体的消费欲望，从而使个体脱离民族国家的束缚。在全球化时代，个体可以在全球范围进行消费，从而满足自我在个体性、自由和尊严等方面的价值需求。一方面，传统共同体面临解体，每个人都必须依靠自身能力来处理全球性问题，如失业、风险、环境问题等；另一方面，个体的欲望逐渐脱离宗教信仰、社会伦理规范的约束，而主要受消费对象所诱惑。这种个体化具有引诱型特征，据此，鲍曼将当前的西方世界称为"个体化社会"（鲍曼，2002a：33），但是，这种社会也带来一系列消极后果。自由和安全是个体存在的条件，而享有高度自由的个体必然要失去共同体保护和依赖而没有安全感。正所谓"高度的个体化程度，高度的个人独立性，往往也是高度的孤独化"（埃利亚斯，2003：173）。

在"个体化社会"，个体在以下几个方面将人们从传统的角色和束缚中解脱出来。第一，个体从等级森严的阶级中解放出来。阶级失去了传统的意义和地位。这可以从家庭结构、娱乐活动、住房情形、人口的地理分布、工会与俱乐部成员、投票形式等变化中看出来。第二，妇女从传统的强制性的家务劳动中解放出来，并得到丈夫的帮助。整个家庭关系结构受到来自个体化的压力，一个"后时代家庭"正在凸显，它包含了错综复杂的关系。第三，灵活的工作时间。多元化就业形式以及工作场所的去中心化代替了传统的一成不变的工作形式和纪律。被解放的个体依靠交易市场，于是他依靠教育和消费来改善自身，这意味着市场对于生活的各个方面的渗透。正如西美尔所指出的，货币让社会个体化、全球化。

个体化的文化培养了个体控制的欲望——一种过"自己的生活"的欲望。这里存在一种悖论。一方面，我们的时代发生了巨大的变化，尤其是在性、法律和教育方面。另一方面，比起个体行为和社会条件，这种变化更多地出现于人们的意识和文化当中。历史制造的新意识和旧观念的混合强化了人们心中的贫富不均的观念。贝克指出，我们的内心处于从第一现代性向第二现代性转变的过程中。第一现代性基于国家，基于诸如阶级、家庭、种族等集体身份，其中的核心原则是充分就业与基于剥削本质的生产方式（Beck，2002：206）。这种现代性受到四个方面的挑战：第一，个体化；第二，作为经济、社会学和文化现象的全球化；第三，不充分就业或失业不再是政府的政策后果，而是不易克服的结构性问题；第四，它受到了生态危机的挑战。第二现代性不仅导致人际关系的微妙变化，而且是资本主义形式的重大变化，即一种全新的全球秩序，一种不同类型的日常生活。但同时，个体化也制造了一种制度性的环境，在其中，个体不再有传统社会赋予的安全感，也失去了现代社会的诸多权利和资源。

而麦克尤恩所处的时代就是英国进入"个体化社会"的时期，资本的私有化以及文化的全球化在"个体化社会"的英国形成一种矛盾，当英国政府将自由经济制度作为立国之本的时候，个体生存所面临的文化危机、心理危机、政治危机、道德危机等各种危机全面爆发，而麦克尤恩的早期文本中暗含着对这些危机的书写。本书主要运用鲍曼的相关社会学理论，辅之以乌尔里希·贝克和安东尼·吉登斯的相关社会学理论，通过对麦克尤恩早期作品的细读，深入地分析和阐释其作品中所蕴含的个体化危机；通过对危机的各个方面的展示，包括心理的、文化的、政治的和道德的危机等，充分揭示了个体化社会人的真实生存状态。麦克尤恩的早期作品在呈现个体化危机主题时呈现了从一般到具体的逐步演绎过程；本书以个体化的文化危机为起点，以个体化的道德危机为终点，在形式与内容上均呈现出递进性并富于层次感。

需要指出的是，本书的个体化主要指的是个体化类型中的第二种，即全球化时代的引诱型个体化，即这种个体化是以受到消费对象的诱惑为特征的。需要指出的是，本书中的"个体化"与"个体化社会"的意思是相通的，为了表达的合理顺畅，将视不同的语境酌情使用。

四、结构框架、研究方法与创新点

本书从社会学角度对麦克尤恩早期作品进行分析和研究，认为他的早期作品深刻地反映了全球化背景下个体化社会的各种危机。按照鲍曼的观点，在全球化时代，由于资本与劳动的分离，一方面是资本在全球的流动，这导致了经济、政治、文化、思想等各方面呈现全球化趋势，短暂和流动性是它的一大特征；另一方面，在以消费主义为纽带的作用下，社会又呈现个体化的趋势，形成"个体化的社会"。因此，全球化与个体化是同一过程的两个方面。由于爱与认同的萎缩，一切都不是固定的，而具有流动性特征。因此，鲍曼将当前的现代性称为"流动的现代性"。个体化是一种集体的命运而不是单个人可以解决的问题，个体性则可界定为选择的无限性，但被铸造成的个体却是无法选择的，如单独工作，单独承担自己的行为所引发的后果。在这种由个体组成的个体化社会中，个体都以自己的方式来应付系统性的矛盾，而无法汇集成为一个比其各部分之和更大的整体，这给个体化社会带来无以复加的结构性危机。我们都是被动驱逐而不是自主选择的个体，尽管个体在法律保障方面有着充分的权利，但难以形成事实上的个体，即个体凭借自身的能力和资源，完全自力更生地履行自我认同、自我管理、自我决断这三种任务。在当前流动的现代性阶段，法律上的个体与事实上的个体之间的鸿沟越来越大。绝大多数已经被个体化的人都无力成为真正的个体，但不得不面对个体化过程所带来的后果，因为一些私人化的矛盾和冲突无法转化为公共事务并通过公共空间来解决。个体化的趋势解构了以前社会建立起来的一切固定的、具有确定性的东西，如个体的爱、认同感和归属感，共同体、民族国家以及传统道德标准由此呈现出一系列的危机，这些危机源自全球化时代的不确定性。在对麦克尤恩的早期小说的文本细读中，我们发现麦克尤恩的小说叙述与鲍曼的理论叙述之间存在着"互文"关系，鲍曼的理论在麦克尤恩这里有了鲜活的形象，他的小说通过人物形象的刻画以及情节的展开将这一系列危机形象化，从而与鲍曼的理论形成一种对应的关系。

本书以麦克尤恩的早期作品(《水泥花园》《只爱陌生人》《时间中的孩子》《无辜者》)为研究文本，借用社会学理论中的"个体化"概念，分别从文化、心理、政治和道德等层面分析与考察麦克尤恩早期小说中的个体化危机主题，揭示麦克尤恩对当代西方社会现实的形象再现所达到的思想深度与艺术高度。麦克尤恩的"个体化危机"研究是对个体化社会困境的新思考，也是对人类生存状况的一种反思与拯救。

第一章从《水泥花园》中传统共同体文化的衰落入手，探讨了个体化社会的文化危机主题。在《水泥花园》中，麦克尤恩通过对传统家庭和睦文化的消解的描述，呈现了传统父权制文化的土崩瓦解，体现了女权主义运动的巨大影响，同时也彰显了个体化社会中货币的巨大分离效应。小说中家庭的孤岛型处境以及城市特色文化的衰落体现了城市邻里文化的丧失，显示了个体化社会人际关系的功用化特征，展现了现代文明对于人类心灵的残害和腐蚀效应。小说中充斥着感官文化的侵蚀体现了个体化社会具有高度凝聚力的社群文化的衰落，显示了大众文化对高雅文化的排斥，暗示了民族凝聚力的严重削弱。麦克尤恩通过该作品与历史形成了对话，表达了他对于传统共同体文化在个体化社会的衰落这一局面的深深惋惜，同时，也隐含了他对于为欲望所充斥的消费文化的深刻质疑与批判。

第二章以《只爱陌生人》中人物面临的精神困境为切入点，探讨了个体化社会的心理危机主题。在《只爱陌生人》中，麦克尤恩通过对人物的情感萎缩的描述，解构了传统意义上的真爱，揭示了个体化社会人与人之间的纯粹关系这一本质，展示了个体化社会的消费欲望化这一特征。人物不能独立进行自我界定以及身份的越界，体现了个体化社会中个体的自我认同感的丧失，展现了传统的身份认同方式以及相对固定的人际关系的瓦解。人物在现实中的漫无目的的观光客身份映衬了他们在精神上的流浪者形象，体现了他们归属感的丧失，表明了传统社会秩序在个体化社会中的分崩离析，揭示了西方形而上学观念的终结带来的严重后果。麦克尤恩通过书写处于不确定性当中的个体产生的各种心理危机，充分展示了个体化社会的各种心理话语，揭示了导致心理危机的各种诱因，暗含了他积极发展个体化社会人际交往的真实意图。

第三章从《时间中的孩子》中的异化政治入手，探讨了个体化的政治危机主题。麦克尤恩通过对个体化社会的政治背离个体的需求的揭示，解构了传统意义上的政治与个体之间的和谐统一，展现了个体化社会共通感的消亡给政治带来的严重后果，显示了公民沦落为个体的巨大负面效应。由《育儿手册》引发的政府的信任危机与政府权威的丧失体现了政治的合法性危机，凸显了资本主义社会中资本积累与民主诉求之间的内在矛盾，揭示了个体化社会公共领域的丧失带来的严重后果。麦克尤恩通过展示个体化社会中经济对政治的严重侵蚀，揭示了个体化社会的去政治化危机。他通过表现去政治化的将社会的新的不平等进行自然化的功能，揭露了资本主义制度的腐朽本质。麦克尤恩对于个体化社会的政治危机的书写，颠覆了政治的传统价值，表达了他对于构建和谐政治的期待与构想。

第四章以《无辜者》中的人物的道德选择的模糊性入手，探讨了个体化社会的道德危机主题。麦克尤恩通过对人物的趋利避害的心理和行为的描述，揭示了个体化社会中个体的道德责任的缺失，凸显了个体化社会的

"自我奠基"型道德的负面效应。人物对自己的罪行的反思体现了人物的道德观念的沦丧，揭示了注重个人情感和个人好恶表达的情感主义道德观对个体化社会的道德的巨大影响。人物对传统伦理准则的违背体现了个体化社会的道德根基的丧失，反映了传统的道德践行背景在个体化社会的消亡，揭示了善与有用之间的二律背反。同时，也反映了消费主义对于个体化社会道德冷漠的巨大推动作用。麦克尤恩对于个体化社会的道德危机的书写，颠覆了传统的道德观念和道德准则，解构了道德的本体论意义上的地位，同时，麦克尤恩亦传达了基于"移情"的道德教化构想以及"为他者负责"的道德重构理想。

本书采用以下研究方法。首先，本书采用系统研究法。在宏观层面，本书注重个体化危机主题与其他学科系统的关联性，从人类学、心理学、认知科学、伦理学、哲学等跨学科理论中汲取合理内核，形成个体化危机主题的结构框架。在纵向层面依次对这四部作品中的个体化的文化危机、个体化的心理危机、个体化的政治危机和个体化的道德危机等命题进行研究。在横向层面对四部作品进行整体性和关联性研究，揭示四部作品基于纵向层面所呈现的递进性，构建了纵横交错的研究坐标轴，拓展了研究的广度和深度。其次，本书采用社会学话语与文学批评话语结合的研究方法。本书从引言到正文到结论借用了社会学的"个体化"概念，同时使用了大量关于文化、心理、政治、道德的批评话语。该研究方法借助社会学话语与文学话语的独特优势形象地阐释个体化社会的危机主题，并赋予读者更大的想象和解读空间。

本书的研究视角创新之处在于：从个体化危机的视角研究麦克尤恩的早期四部作品，旨在为麦克尤恩作品研究注入新的视角和批评话语。

第一，麦克尤恩的早期作品在表达个体化危机主题时呈现了从一般到具体的逐步演绎过程；本书以个体化的文化危机为起点，正是由于总体性的文化危机的出现，从而导致了"个体化社会"中的心理危机、政治危机和道德危机，这些危机在形式和内容上均呈现出递进性并富于层次感。这种以"个体化危机"为联结点而达到的形式与主题的契合绝非巧合。但该特点却尚未得到评论界的充分关注。本书的社会学研究视角与作品的个体化危机主题紧密契合,有助于阐释麦克尤恩作品所蕴含的丰富思想。

第二,个体化危机研究视角通过将麦克尤恩早期作品进行社会学解读,运用社会学与文学话语的结合形象地阐释个体化危机的表象与内涵,勾勒了个体化危机的全貌和多重维度,这是对单一的阐释维度的一种突破。同时本书对麦克尤恩的个体化危机主题的阐释有助于增强对麦克尤恩小说的内涵的审视和反思,体现了运用社会学话语解读文学作品的新颖之处。

本书的研究观点创新之处在于,第一,麦克尤恩通过该作品与历史形成了对话,表现了他对于传统共同体文化在个体化社会的衰落这一局面的深深惋惜,同时,也隐含了他对于为欲望所充斥的消费文化的深刻质疑与批判。麦克尤恩通过反映个体化社会中传统共同体文化的瓦解,揭示个体化社会的消费者合作社模型的文化特征。第二,麦克尤恩通过书写处于不确定性当中的个体产生的各种心理危机,充分展示了个体化社会的各种心理话语,揭示了导致心理危机的各种诱因,暗含了他的积极发展个体化社会人际交往的真实意图。麦克尤恩通过展示从现代秩序下解放出来的个体由于受消费主义观念的侵蚀,在心理上面临的一系列困境,体现个体化社会中个体的心无所属的“流浪者”心理。第三,麦克尤恩对于个体化社会的政治危机的书写,颠覆了政治的传统价值,表达了他对于构建和谐政治的期待与构想。麦克尤恩通过呈现个体化社会中资本的全球流动导致的权力的游离,以及它给政治带来的严重后果,揭示了个体化社会中政治的去政治化特征。第四,麦克尤恩对于个体化社会的道德危机的书写,颠覆了传统的道德观念和道德准则,解构了道德的本体论意义上的地位,同时,麦克尤恩亦传达了基于“移情”的道德教化构想以及“为他者负责”的道德重构理想。麦克尤恩通过反映个体化社会中的道德的模糊性,来揭示个体化社会的“自我奠基”型道德。第五,个体化社会的这一系列危机体现了麦克尤恩对危机主题从一般到具体的逐步演绎过程。从更深层次上来讲,个体化的各种危机是西方形而上学观念的终结引发的后果在社会各领域的具体表现。麦克尤恩作品的"个体化危机主题"是对个体化社会危机的反思，也是对个体化危机的一种拯救，进而传达出重生的希望。在麦克尤恩看来，个体化危机不仅是一种社会现象，而且是一种文学书写，一种审美认知，一种救赎途径，更是一种对生存的形而上的反思与体验过程。

第一章 《水泥花园》：个体化的文化危机

　　麦克尤恩的小说《水泥花园》以它的惊悚离奇著称，多米尼克·黑德将它称为麦克尤恩"恐怖小说"三部曲之一（Head，2008：30）。在该小说中，父母的离奇死亡、母亲的奇特埋葬、异装癖、乱伦等弥漫于这个看似正常的家庭当中。麦克尤恩继续以乱伦、去功能化的家庭以及腐烂的尸体"迷惑"他的读者。奥尔森认为，"《水泥花园》是一部令人恶心的小说，它让人感觉极不舒服"（Olsen，1987：41）。可以看出，《水泥花园》的震惊效应是明显的，该小说"展示了青少年做出的一系列违反伦理规则的事情，表现了他们在伦理选择、善恶判断以及身份确认等方面存在的问题，体现了伦理意识在青少年成长过程中的重要性"（尚必武，2014：71），然而麦克尤恩认为没必要让读者觉得可怕，因为当代的世界就是如此。麦克尤恩指出，"我的出发点是在存在中寻找去社会化、扭曲的版本"（Roberts，2010：67）。他之所以这样做，是因为他想向读者表明，该小说中的人物之所以违反伦理，是因为他们受到不良文化的熏陶，而文化的重要作用在于满足人类生存的高级需求，强调精神提升和美的建构，即人类如何实现自身价值，发掘自身潜力，实现对人性的终极关怀。它是一种共同体文化的精神沉淀，不仅延续着一种共有的习惯，而且对现实社会始终撒播着一种文化的感召力。它存留的不仅是一个凝聚着社会关注的思想焦点，而且是一个关系到共同体文化发展的重要社会问题。

　　鲍曼将个体化社会的文化称为消费者合作社（Consumer Cooperative）模

型的文化（Bauman，1997：164），它属于一种自治的文化。这种自治"不但包括对多中心权力的要求，也包括更为关键的东西，即要求配置的资源不仅应是复数和非等级的，而且也应是流动的"（Bauman，1997：164）。它追求的是"最大的影响和迅疾的抛弃"。传统具有凝聚功能的高雅文化已经让位于个体化社会的无中心的多元的消费文化。这种消费文化的性质是，"它不必满足任何目的；它不是任何事物的功能；它不能用成功或'正确性'客观地测量任何事物；没有什么事物解释它的存在"（Bauman，1997：162）。这种新的文化观的独特之处在于它"规范了没有被规范的，舍弃了实质与边缘、必要与偶然之间的神圣区分"（Bauman，1997：162-163）。这种消费文化破坏了传统文化的完美而具有一种权威的表象。在个体化社会，正统的文化模型不再是所有的核心创造者（creator-centered），即使当它们不是直接围绕着文化创造者的类型而被建构时，这些文化模型也是围绕这一类型的精神相关物而被组织起来的，即"中心价值观""哲学原理"或"民族精神"，其架构与保护注定同时是特定类型"文化生产者"的任务与成就。鲍曼指出，在当前以消费主义的诱惑为行动指南的全球化时代，任何共同体主义的试验都只是一种幻像。在个体化社会，一切固态的东西都被融化，一切神圣的东西都被拉下圣坛（Bauman，2001a：63）。文化也不例外，传统共同体文化在自我维护和惯例方面遭到严重削弱，并被归之为劣等的生活方式的文化。小说《水泥花园》就是传统共同体文化消解的一个缩影，因为在这一点上，该小说无疑是最好的诠释。

《水泥花园》与以人性恶主题著称的《蝇王》存在某种程度的互文性。《水泥花园》中的孩子们试图在没有大人照料的环境中生存，它就是《蝇王》的城市版本（Roberts，2010：96）。但它又不仅仅是关于人性邪恶的小说，也是反映文化危机的小说。麦克尤恩本人对文化持肯定的态度，"作为社会环境的文化发射出迷人的信号，生活于其中的人们很难从中脱身。我们的生活让我们成其所是"（Roberts，2010：96）。由此可以看出，他强调文化对人的塑造作用，这说明文化对人的本性的影响非常大。

《水泥花园》讲述了一个既骇人听闻又让人觉得悲惨的故事。第一人称叙述者杰克出生在这样一个家庭，父亲顽固专制，脾气暴躁；母亲开明善良，性格温和。后来，父母离奇死亡，留下了四个未成年的孩子。于是，失去父母的孩子们各自有着不凡的举动，并沉溺于自己的世界，直至最终朱莉与杰克乱伦。于是，警车奔驰而来。整个故事情节发展于平常中见出离奇，于情理中见出恐怖。小说采用第一人称进行叙事，交代了父母生前这个家庭的不和睦状况以及父母双亡后家庭呈现的严重瓦解迹象。故事以少年杰克的视角进行不可靠叙事，之所以这样进行叙事，麦克尤恩给出了自己的理由："我在青少年的声音中发现了一种疏离，这很有用。青少年在故事中是一种有用的出现：他们富于成人欲望和孩子的无能，这是一种有用的虚构张力。在我自己的生命中也能体会到。"（Roberts，2010：32）通过这种独特的叙事艺术，麦克尤恩将个体化社会由于共同体的解体而产生的文化危机清晰地呈现于读者面前。在个体化社会，随着共同体的瓦解，传统的共同体文化亦随之瓦解。这种文化危机与杰克的叙事存在紧密的关联，是本章探讨的核心议题。本章以滕尼斯对于共同体的划分为依据，将共同体分为血缘共同体、地缘共同体和精神共同体，进而对个体化社会的文化危机进行分析。该分析包括三个方面：第一，血缘共同体的解体导致的家庭和睦文化的消解；第二，地缘共同体的解体导致的邻里文化的衰落；第三，精神共同体的解体导致的社群文化的瓦解。《水泥花园》充分反映了个体化时期的各种问题，其中最为突出的就是新旧文化的交替引发的冲突与危机，它昭示着传统共同体文化的黯然消解。

第一节　家庭和睦文化的消解

和睦是血缘共同体的一个重要特征，血缘共同体的瓦解、家庭成员之间默认的准则失范，家族成员间的和睦也就难以为继。麦克尤恩在小说《水泥花园》中，通过刻画个体化社会家庭中的父亲、母亲以及孩子等形象，揭示了他们之间不和谐甚至是扭曲的亲情关系，进而体现传统家庭和睦文化的消解。在英语中，harmony 这个词最初之意是"和声、和弦"，而

"和谐"之意由此引出。而在中国，和睦文化源远流长。中国自古以来就有
"和为贵"这一说法，它出自《论语·学而》，意思是按照礼来处理一切事
情，使人和人之间的各种关系都能够达到和谐，进而可以和睦相处。家庭
作为血缘共同体的典型代表，和睦是"其精神的最基本体现"（Tonnies，
1988：74），它对于家庭之意义举足轻重。在小说《水泥花园》中，这种和
睦文化的消解主要体现在夫妻关系、父子/父女关系以及兄弟姐妹关系等
方面的不协调。麦克尤恩在小说《水泥花园》中通过刻画紧张的夫妻关系来
表现传统家庭和睦文化的衰落。夫妻本应相亲相爱，并乐于一起说话和思
考，共同商量，一起切磋，亲密无间。夫妻关系仅凭性爱的纽带不足以支
撑，他们之间默认一致才最重要，这样才能"形成一种持久的关系，形成
一种相互肯定的关系"（Tonnies，1988：59）。缺乏默认一致这一点，夫妻
关系就会很容易转化为奴役关系。小说《水泥花园》中的父母尽管养育了四
个孩子，但是他们之间很难有默认一致。在小说的开头，父亲要在花园中
铺盖水泥，这遭到了母亲的强烈反对。他们争吵不断，不能达成共识。父
亲专横独断，支配欲强，做事从来不考虑他人的感受；母亲话语不多，善
良温和。在家中，父亲明显处于优势地位，因为"母亲原本是个不太言语
的主儿"（麦克尤恩，2012b：7），"不太言语"意味着母亲在家中话语权的
丧失，进而丧失自己应有的地位和尊严。的确如此，当母亲对父亲购买水
泥提出异议时，父亲表现得专横跋扈，粗鲁至极，他以烟斗为武器挑衅母
亲，"拿着烟锅用黑黑的烟嘴指着母亲"（麦克尤恩，2012b：7），气得母亲
连话都讲不利索了，她的话语"都失去了意义"（麦克尤恩，2012b：7）。由
此看出，母亲作为女性，与象征自然的花园一样，受到父亲的压迫和奴
役。父亲的专制与西方的二元观念结构有关。该观念将女人界定为女子
气、身体、性欲、地球或自然以及母性；而将男人界定为男子气、理智、
天堂、超自然和精神（Eaton，2003：2）。二元论提出了理智优于情感、精
神优于身体、文化优于自然、男人优于女人等观念。女人由于她的繁衍角
色，所以往往与自然象征性地联系到一起，并因此处于从属地位，这种观
念构成了父权制的合法化基础。《水泥花园》中的父亲正是继承了这一观

念，支配并奴役自己的妻子，"父亲支配花园的同时也支配着他的家人，尤其是他的妻子"（Malcolm，2002：65）。妻子因丈夫出于"文明"这一男性动机而受到了奴役。他们的婚姻有名无实，缺乏应有的恩爱与尊重，在个体化社会中，"理想的爱的婚姻已成为例外"（Abbott，2003：122）。他们之间更谈不上默认一致。而默认一致是对于他们的共同生活、共同居住内在本质和真实情况的最简单的表示，因为"家庭生活的核心是丈夫和妻子结合为一体，生育和教育后代，所以婚姻作为持久的关系特别具有这种天然的含义"（Tonnies，1988：73）。默认一致是夫妻和谐关系的基本体现。

麦克尤恩揭示的夫妻关系紧张的背后蕴含着深刻的历史根源，在此，麦克尤恩注入了幽深辽远的历史回声。随着父权制逐渐加强，早期家庭中的自然共同体就演变为了父亲主导下的家长制的家庭，家庭于是成为"最严厉的不平等中心"（Arendt，1998：25）。在家庭当中，父亲作为一家之主，具有三种威严：年龄的威严，强大的威严，智慧或者智力的威严，"它们在父亲的威严里结为一体，高居于他的家人之上，保护、提携、领导着他们"（Tonnies，1988：64）。在父权制社会，父亲既有尊严，又有威望，所有的家庭成员都要服从他的领导。我们在小说《水泥花园》中就看到了父权制社会中典型的父亲的形象。随着资本主义社会不断向前发展，社会发生了诸多变革，如社会的世俗化、大家族的式微、家臣制度的没落等，父权制在社会中的影响日趋衰弱，正所谓"父权制在政治上退位之时就是工业资本主义兴起之日"（Turner，1996：22）。不仅如此，它还在形式上创造了普遍的价值和个体主义，而且通过劳动需求，使妇女进入劳动力市场，妇女在生产中的作用不断增大，这增强了她们的独立意识。这样，作为感情之窝的核心家庭的纽带出现了松动。到了个体化社会，在消费主义观念的影响下，再加之晚期资本主义非工业化进程中男性占主导地位的劳动密集型工业的衰落，更是让父权制很难有滋生的土壤。父权制剩下的纯粹是一种权力的残余，是偶然落在资本主义社会外壳上的一点神秘印迹（Turner，1996：22）。而《水泥花园》中的父亲逆历史潮流，在家中仍然按照父权制的传统行事，他受到家人的抵制成为必然。他买水泥之前，我行我素，没有和妻子商量，继而遭到她的反对，这早已是在情理之中。而从妻子的角度来看，她不再是传统社会中的女性形象，因为她有自己的见解和主张，不再依附于丈夫，当她反对丈夫买水泥时，她陈述了自己的种种理由；而面对丈夫的粗鲁时，她也给予了及时的反抗。妻子所诉求的正是那个坚固的主导意识形态，即个体主义，它是资本主义关系对传统的整一家庭的冲击从而使父权制受到削弱的结果。反父权制是妻子拆除父权制社会封闭之历史障碍的一种僭越战术，因为个体的公民权正式被视为普遍的权利。因此，私有个体主义的意识形态可以转而反对资产阶级的父权制。正如戴维·马尔科姆所认为的，《水泥花园》是"英国人对权威性和家长制过去的刻意抵制的描述"（Malcolm，2002：65）。

同时，这种夫妻间地位的变化也同它的时代背景具有紧密的联系。20世纪60年代，女权主义运动又出现了一次高潮。其主题是妇女要求同工同酬、教育与就业的平等机会、自由避孕与流产等权利，她们的激进宣言是赞美诗般的"我要我所想，现在就要"（Abbott，2003：119）。对男人的鄙视以及对他们的角色的漠视成为政坛女性的信条，"女人不再需要男人"被列成标语。20世纪60年代，夫妻关系中存在更多的平等。妇女解放运动提出的一项主张是，"妇女应当建设性地'自私'"（Abbott，2003：136）。个中之意在于强调妇女的独立意识。纵观女权主义运动的发展历程，女权主义事业取得了很大的成就，妇女的地位也得到了很大的提高。在这样的背景下，《水泥花园》中父亲和母亲在家中的地位发生了巨大的变化，他们的生活观念也受到了很大的冲击。然而，尽管男权思想遭受了巨大冲击，父亲还是拼命维护，作为意识形态的父权制是他的一种防卫反应，因为婚姻和婚姻契约不再赋予他在家庭或市场的支配地位。于是，他在家中奴役妻子，奴役孩子。而母亲则试图从这种被奴役状态中解放出来，顽强反抗父亲的压迫。这最终导致了他们夫妻关系的紧张，这种紧张的关系揭示了时代观念的巨大变化在个体身上的投射。父亲的专制其实是他内心脆弱的反应，这进一步体现在他的身体的脆弱上——他因心脏病死去。而他的死亡则象征着父权思想在个体化社会中的衰竭；母亲的死亡则象征着个体化社会中，在消费的诱惑以及货币对人际关系的分离效应下，传统家庭中的亲情消失殆尽。传统家庭原本具有的"人类和睦的天真状态"以及一种"不言而喻的理解"不再存在，家庭成员生活在如水泥般冰冷的个体化社会中。

对于麦克尤恩本人来说，他通过自然的或者隐喻的背景，"关注的是内心的状态，是男人女人之间，父母孩子之间的爱的方式"（Childs，2005：5-6）。这与他的身世不无关系。就他本人来说，他是支持男女平等的："男女在个体间或社会中应保持平衡，也即平等。"（Roberts，2010：39）这和他的身世也有很大的关联。在访谈中，麦克尤恩提到，他的父亲是一名酗酒者，外表看起来让人觉得可怕的性格顽固的军人。尽管父亲很爱他，但是他和母亲都很怕父亲。在家中，父亲处于明显的支配地位，而母亲通常都处于服从的地位。因此，他公开表达了自己的不满，很同情自己的母亲，"我们的社会向男性倾向得太多。男女在社会或私下交往中应平等"（Roberts，2010：39）。这也就成为他支持女权主义运动的思想渊源，而且，他自己也承认，"我无形中变成了男性的女权主义者"（Roberts，2010：33）。

麦克尤恩在该小说中还揭示了父亲与孩子们之间冷淡甚至敌对的关系，进而反映了家庭和睦文化的消解。彼得·恰尔兹指出："麦克尤恩对儿童与成人之间关系的剖析贯穿其所有小说的始终，尤其是年轻一代关于'成长'的观念与忧虑"（Childs，2012：174）。《水泥花园》也不例外，在该小说中，他就通过揭示父子/父女间冷漠的关系，表达了这种忧虑。从共同体意义上来说，父亲的地位意味着一种统治，但这种统治并不是为了自己的利益而去使用和支配他人，而是"为了完成生养任务，去教育和教导孩子，传授大量的亲身生活经验"（Tonnies，1988：61）。而且，他的这种爱逐步得到孩子们的回应，并最终与孩子们建立一种真正的爱的关系。而《水泥花园》中的父亲既没有教导孩子，传授自己的生活经验，也没有和孩子们形成互动，建立起和谐的父子或父女关系。"父母爱子女，是把他们当作自身的一部分。"（亚里士多德，2003：251）理想的父亲应该是既能在孩子们面前树立起威严，又能够和孩子们亲密无间。"一个人在大多数情况下，如果处在家庭的氛围中，为家人所环绕享受天伦，他会感到最舒服和最快活。这时，他就悠然自适，得其所哉。"(Tonnies，1988：66)父亲本应从给予孩子们的爱中获得幸福，实现积极的自我，可是，他并没有这样做。相反，由于他的专制，他不能和孩子们和谐相处，只准自己开孩子们的玩笑，而不准孩子们开他的玩笑。他拿苏的眼睫毛和眉毛当笑柄，嘲笑朱莉是个愚蠢的运动员，笑话汤姆在床上撒尿，还拿杰克脸上的粉刺当笑料。而当孩子们开他的玩笑时，他却生气了。弗洛姆指出："父亲的爱应该由原则和期望为先导；它应该是忍耐而宽容的，应该是恢宏大度的，而不应该是威胁和专制的。"(Fromm，2006：38)可是这位父亲的心胸一点也不宽广，他在餐桌上吃饭时，就因为孩子们多讲了几句玩笑话，就无缘无故离开了餐桌。而餐桌是家庭成员之间团结的象征，"餐桌就是家"(Tonnies，1988：81)，是家庭成员重新团圆的地方。父亲离开餐桌象征着他与孩子们的不和。而更为糟糕的是，父亲竟然还和汤姆争夺母亲的爱，"他对汤姆很严，总像是故意找茬骂他。他利用母亲对付汤姆就像他利用他的烟斗来对付母亲一样频繁"(麦克尤恩，2012b：11)。父亲代表的是思想的世界，他是儿女的教育者，是儿女走向世界的指路人。可父亲却和一个小孩斤斤计较，这实在有失自己的身份和尊严。父亲的冷酷产生了负面反应，引起了孩子们的不满，杰克就对父亲怀有很深的敌意。子女对父母的友爱理应"类似人对于神的爱，是一种对于善与优越的爱"(亚里士多德，2003：252)。可是杰克在和父亲拖水泥袋时，他却故意和父亲作对，让父亲一直抬重头直到他承认自己体力不支时为止；不仅如此，当父亲因心脏病发作倒在地上时，杰克有那么几秒钟没有采取呼救行动，他在潜意识当中希望父亲死去。于是，他自己也承认：父亲虽然不是他杀的，但有时他觉得是自己促使父亲走上了死亡之路。他以冷漠回应了父亲的专制和冷酷，对父亲丝毫没有敬畏之情。正如弗洛姆所说，"爱就是对我们所爱的对象的生命和成长主动地关心。哪里缺少主动的关心，哪里就没有爱"(Fromm，2006：22)。父亲以水泥一样冷酷的心肠对待家人，他收获的注定是家人冷冰冰的回报。在小说中，麦克尤恩刻画了一位冷酷而自私的父亲形象。按照滕尼斯的观点，父亲本应对家人给予发自内心的温柔与呵护，应该富于帮助和保护他们的爱心，这种爱心与统治家庭的权力在内心本应浑然结为一体，用自己的善行和恩惠唤起家人的敬畏之情。可是，小说《水泥花园》中的父亲却不具有这种品质和能力。这是由于在个体化社会，原本由稳定的两性结合而产生的父亲、母亲与子女之间的极为"自然"的关系已经被消解。传统的核心家庭发生了转变，"家庭被转换成一种消费单位，开始支配情感、休闲以及隐私等私人领域"（Turner，1996：232）。既然与消费挂钩，就必然受到货币的分离效应的影响。

不仅如此，这个家庭中兄弟姐妹之间也表现出对于彼此的敌视和冷漠。兄弟姐妹关系是完全建立在血缘亲情之上的，他们之间的爱是"最富于人性的爱"（Tonnies，1988：60），因此，他们应当相互帮助、相互支持和相互提携。然而，在《水泥花园》中，朱莉、杰克、苏和汤姆之间缺乏的正是这种温情。同胞的爱本应是"包括了责任感、关心、尊敬以及了解他人，希望丰富他人的生活"（Fromm，2006：41），但这种同胞之爱在杰克和朱莉之间演变为了一场权力之战。在母亲生病期间，朱莉仗着母亲给予的权力限制杰克的行动。母亲死后，杰克非常敌视朱莉的"大权在握"，他们就零花钱问题争吵了好几次。此外，朱莉对年幼的汤姆也很冷漠，"在这种血缘的有机的关系之内，理应存在着一种强者对弱者的本能的和天真的温柔，一种帮助人和保护人的兴致"（Tonnies，1988：64）。然而在母亲死后，汤姆将朱莉当作母亲，并对朱莉产生了依恋，朱莉却觉得烦不胜烦，她对汤姆呵斥道："别老是缠着我，离我远点！"（麦克尤恩，2012b：86）作为姐姐，朱莉的此举是不妥当的，正所谓"对孤弱人的爱、对贫穷人的爱和对异乡人的爱，是同胞的爱的萌芽"（Fromm，2006：42）。他们本来就是姐弟关系，对于年幼就丧失父母疼爱的汤姆，朱莉更应该对他多加爱护。这个家庭中兄弟姐妹之间的关系的冷漠亦是个体化社会中货币效应的结果，"货币的作用犹如双面刃，在使人类关系非人格化的同时，既使个体从人身依附中解放出来，又使个体单面化"（成伯清，1998：80）。货币以残酷无情的客观性衡量一切对象，这就决定了与各种对象的关系：如同货币一样冷冰冰的人际关系。家庭成员间纽带的松动也就成为历史的必然。

除此之外，家世的亲戚关系，对该家庭关系的影响也很大。小说中的父母的家世均显得凄凉落寞，"父母都是独生子女，他们的父母也都死了。母亲在爱尔兰有几个远房亲戚，不过自打她小时候起就再没来往过"（麦克尤恩，2012b：23）。从该描述当中可以看出，这个家庭由于自祖上亲戚就不多，父母又都是独生子女，因此与亲戚之间已经绝交。在这种情况下，这个家庭由内到外的人与人之间的纽带非常松散，它犹如一叶孤舟漂泊于社会当中，因而传统的血缘共同体在这里基本瓦解。他们的这种家世表明，在个体化时代，像传统大家庭那种其乐融融的有机共同体早已消解，家族成员间的亲密关系日渐消失。这一点从叙述者杰克冷冰冰地称自己的祖父母和外祖父母为"他们的父母"（父母亲的父母）也能看出，杰克可能早已忘记了祖父母和外祖父母这些称谓以及他们对于他的意义，这是当代人的悲哀。父亲死后，孩子们很少提及他，似乎早已将他遗忘，并没有将他"视为看不见的圣灵加以崇拜"（Tonnies，1988：66），也不会觉得父亲在庇护和统治着他们，他们也不会对父亲产生畏惧和崇敬之情。这反映了传统家长形象在个体化时期已经荡然无存。这与他们谎称地窖中埋葬的母亲是"一条狗"，共同反映了个体化时代的个体已经完全丧失了亲属的意志和精神，抛弃了记忆，对逝者丝毫没有缅怀之情。这也从另一个方面反映了传统家族和睦文化的消解。

麦克尤恩通过刻画当代家庭中家庭成员间关系的疏远，揭示了当代家庭的原子化趋势，家庭成员间的互敬互爱、富于爱心的传统家庭的和睦文化已经让位于个体化时期的受货币分离效应影响巨大的消费文化。当代家庭的代沟加深，不稳定性增加，核心家庭的那种"窝的观念"已经消解。对此，肖特的论述可谓精辟至极，"核心家庭正在崩溃，婚姻内核处于裂变和聚变当中，周围轨道上没有亲子、挚友或邻里这些卫星。亲戚们都在背影里徘徊，脸上挂着友好的笑容"（Shorter，1977：273）。对此，麦克尤恩似乎非常痛心，然而，在痛心的背后，他又借朱莉和杰克的乱伦来表达自己对于这种趋势的拒斥态度。父母死后，朱莉和杰克"扮演了和父母一样的角色"(Roberts，2010：17)。他们的乱伦意味着在探索彼此身体的异同点的前提下，强调手足间的亲密。尽管他们试图保持这个家庭的完整，但最终以失败告终(Roger，1996：14)。而且，他似乎又通过刻画苏这一形象来表达他自己的一丝希望和宽慰。在这个家庭中，苏表现出了诸多与众不同的方面，她通常都是独处，她是唯一一个在父亲死亡的时候哭泣的孩子；与此类似，她也是对母亲的死真正难过的孩子，她为母亲的死亡悲伤过好几次。她还会单独花时间在坟墓旁徘徊，她还通过记日记的方式来纪念母亲，向她"汇报"家里每天发生的事情。事实上，苏并不"另类"，她反而是四个孩子当中最正常、最传统的一个(Slay，2006：47)。通过这种方式，麦克尤恩表达了自己对传统和睦家庭的向往。

第二节　城市邻里文化的丧失

麦克尤恩在《水泥花园》中通过建构一个孤岛型的家庭来揭示城市邻里文化的衰落。邻里关系起初最原始地描述了村庄里共同生活的普遍特性。后来，滕尼斯又将邻里关系进一步拓展至城市层面。邻里关系具有亲和性。在实践中，邻里关系的意义范围逐渐扩大，它意味着灾难发生时的互相依存。在急需时，邻里是典型的帮助者。而在小说《水泥花园》中，邻里关系的这种重要功能已经消失。这个家庭是这座城市中的孤岛，单从地理环境来看就足以证明这一点。这户人家的房子明显从这座城市当中孤立了出来，杰克是这样描述的，"我们家的房子原本立在一条满是房子的街上，可如今它就孤零零地立在一片空地上"(麦克尤恩，2012b：22)。过去的房子的拥挤象征着人与人关系的亲近，而现在房子的孤零零的处境表明了这户人家在这座城市当中的处境：孤立无援，因为这个家庭与社会很少接触，几乎没有联系。一方面，这户家庭不爱主动和外界打交道，不喜欢交朋友，大有闭关自守的味道。杰克说道："不论是我母亲还是生前的父亲在家庭之外都没什么真正的朋友。没人到我们家串门。"(麦克尤恩，2012b：23)不串门意味着人与人之间交流的中断，同时也意味着人际关系的丧失。另一方面，外部社会也没有主动关心过这个家庭。按照滕尼斯的观点，传统意义上的城市可以被理解为一个整体，理解为"一个由行会组成的共同体"（Tonnies，1988：82），是一种按共同体方式生活的有机体。既然这个家庭和这座城市属于地缘共同体，这个家庭理应得到这座城市的帮助，"不管它在经验上是如何产生的，按其存在，它必须作为一个整体来看待，城市由具体的合作社和家庭组成，在同它们的关系上，城市处于必然的依附之中"（Tonnies，1988：91）。可是在母亲生病期间，却"没有一个医生来看过母亲"（麦克尤恩，2012b：49）。这说明这个处于困难中的家庭在这座城市中无人嘘寒问暖、无人关爱。城市不再是一个人们可以彼此联系并彼此帮助的共同体，它也不再"意味着对它的成员负有责任"（Etzioni，1993：254）。父母死后，孩子们处于单调和无意义的生活当中，他们犹如因遭到覆盖而被扼杀的水泥下面的生命一样，受到这种失去父母的生活的奴役。"城市是人类多元活动的背景：生产的、家庭的、娱乐的以及文化的背景。"（Berleant，1992：70）本应帮助他们的政府或社会机构在他们最需要帮助的时候没有露面，反而在他们感觉恐慌的时候，通过代表国家机器的警察对他们进行了"规范"。在个体化社会中，人人为己，人人都处于同一切其他人的紧张状况之中。他们的活动或权力的领域相互之间有严格的界限，任何人都抗拒着他人的触动和进入，触动和进入被视为敌意。（Tonnies，1988：95）就连德里克这个外界唯一一个和这个家庭频繁打交道的人，他的企图也很明显，即他和朱莉谈恋爱的目的是想要得到对这个家庭的支配权和控制权，"做个什么聪明的大爸爸之类"（麦克尤恩，2012b：174）。这只会让人觉得不寒而栗，正如齐美尔所指出的："大城市的精神生活是建立在理智与算计的关系上。"（齐美尔，1991：252）这句话暗示了个体化社会邻里文化的消解：邻里之间没有人会为别人做点儿什么，贡献点儿什么；没有人会给别人赏赐什么，给予什么。在这个城市，我们没有看到城市中的任何形式的共同体组织，诸如劳动合作社、行会或宗教教区等，这户人家和周边的居民没有接触，彼此从不了解，也丝毫不熟悉。他们虽然居住于同一座城市，但他们并不能够相互制约，制约他们的只有冷冰冰的法律。

　　这个家庭在这座城市中处于绝对的孤立状态，它的处境并不是城市中的个别现象，而是个体化社会中家庭在城市中的缩影。这是由于个体化社会中的人际关系是"属于生产服务型的。人际关系的丧失是我们社会的基本事实"（鲍德里亚，1970：181）。这户人家的责任义务以及它与外界的合作关系是通过消费来结合的，因此，它们也必然如正常消费品一样短暂和易消逝。西美尔指出，"事实上，离开了爱慕之情，社会性接近、与他人的持久接触，将使人不堪忍受。睦邻友好关系是任何群体所绝对必需的黏合剂。离开了这些，则在业已分化了的人格条件下的社会存在，将如同地狱一般。"（Frisby，1997：113）这句话其实强调了睦邻友好关系与社会交往的重要性。在个体化社会，人际交往关系的"商品化"与人们合作信任机制的解体之间存在紧密关联，流动、脆弱而短暂的合作关系与信任的崩溃形成恶性循环。它体现了消费社会中的功用化的人际关系。人们之间的关切不再具有自发性，而是带有选择性质。人们随处可以感受到这种人际关系的失真（鲍德里亚，1970：183），这是由于西方近代以来的社会政治变迁致力于将人们从传统社会中解放出来，但却一直遵循"丛林法则"的残酷无情和争强好胜，这使拥有自由的人们丧失了"礼仪社会"中相互间的亲密关系、信任和安全。《水泥花园》中的叙述者兼主人公杰克提到他的父母亲在外面都"没有什么真正的朋友"（麦克尤恩，2012b：23），这其实是个体化消费社会中人际关系的一个侧面。在个体化社会中，尽管法律面前人人平等，但它毕竟意味着传统共同体自治的削弱、共同体权力威望的丧失，以及共同体精英的向心力的受损。这个家庭的消费是一种他们独自享受的个体化行为，与外界合作不是他们生活的必要条件。对于他们来说，对消费物品的理性选择是唯一的价值标准，而无需其他持久的社会合作关系。社会关系的不确定性和短暂性促使他们把周围世界视为一个提供直接消费产品的聚合体和市场。他们与外界的合作关系的解体与信任机制的危机互为因果。"信任是社会中最重要的综合力量之一。离开了人们之间的一般性信任，社会自身将变成一盘散沙，普遍的信任几乎没有一种关系是完全建立在对他人的确切了解之上的。如果信任不能像理性证据或亲身经历那样，甚至更强有力，那么几乎一切关系都不能持久。"（齐美尔，2002：111）信任机制的崩溃、人际关系的短暂直接导致了个体化社会中邻里文化的消解。

在该小说中，麦克尤恩颠覆了互助合作的邻里文化传统，进而向读者表明，在个体化社会，邻里关系极其脆弱，邻里之间不再具有兄弟般的亲密关系，距离不再说明问题："在我们生活的这个世界上，距离好像并没有太大的意义。有时候，它的存在似乎只是为了被人们消除。空间仿佛是在不断地诱使人们去轻视、驳倒或否定它。空间已不再是一个障碍物——人们只需短暂的一瞬就能征服它。"（Bauman，1998：74）在个体化社会，人与人之间的关系不再受距离的限制，因此，邻里文化的消解也就成为必然。在小说中，有这样一个细节，杰克在路上主动与一个长得像姐姐朱莉的女人打招呼，可是对方却觉得他怀有歹意，便告诉他自己身上没有钱，想要以此打消杰克的"抢劫念头"。然而，事实并非如此，杰克和她打招呼，其实是出于交流的需要，而对方却误解了他的意思。这是一个典型的体现了邻里文化丧失的例子。它表明，在个体化社会，邻人之间犹如陌生人，他们不再彼此关心并互助合作，反而对邻人怀有敌意。通过这段情节的描述，麦克尤恩表达了自己对邻里文化丧失的极度痛心。因此，他总是强调人与人之间爱的重要性，"爱作为疗伤的方式贯穿于麦克尤恩的所有小说"（Roberts，2010：174）。麦克尤恩意在表明，只有爱才能建立人与人之间的纽带，也才能使邻里文化的恢复成为可能。

在该小说中，麦克尤恩还通过揭示城市自身特色文化的丧失来体现城市邻里文化的消解。在小说的开头，杰克这样描述他们家的房子："我们的房子又老又大，建得有点像个城堡，厚墙、矮窗，前门上还有锯齿形的垛口。站在马路对面看过去，它就像是某个集中精力正在回想的人的脸。"（麦克尤恩，2012b：23）众所周知，英国的传统建筑有很浓的教堂气息，给人一种庄重、神秘、严肃的感觉。这户人家的房子是厚墙、矮窗的城堡式建筑，明显具有典型的英国传统建筑的特征，因此，它象征着城市的过去与传统。房子像是一个"集中精力正在回想的人的脸",这说明这座城市的过去仅仅存在于人们的记忆当中,在现实当中,已很难找到它的踪迹。这户人家的房子是最后几个未被拆除的旧建筑之一,而这些旧建筑代表了城市的过去与记忆,是城市包括邻里文化在内的自身特色文化的象征。人们只有看到它们,才能想起城市的过去,而过去代表着确定性。而马路对面的高层住宅则象征着现代文明的成果,它象征着无差异与流动性,于是二者就形成了鲜明的对比。象征城市特有风格的带有厚墙、矮窗的城堡式建筑正在为毫无特色的统一的高楼大厦所替代,这说明这座城市正在丧失它自身的特色。如今,这所房子与城市的其他高层建筑极不相称,这说明象征过去的传统已为人们所抛弃,正所谓"个体化社会要培育的是遗忘"(Bauman,1998:79)。人们不再注目于城市的自身文化,城市也就逐渐丧失了具有重要意义的邻里文化。这是由于在个体化社会,短暂性、流动性取代了其他一切确定性的东西。这户人家生活的城市已经发生了很大变化。由于城市的居住密度很大,人们像是不断地旅行于每天的生活中,各种各样的人活动于各种各样的领域。这些人每天穿梭于不同的城市。由于人员流动性大,这个家庭生活的世界几乎被陌生人充斥,从而使得它"看起来像是一个普通的陌生世界"(Bauman,2001b:51)。他们生活在陌生人之中,而他们本身也是这座城市的陌生人,至少从精神上说,他们都是旅行者,所有地理位置的重要性开始受到人们的质疑。他们变成了流浪者,"时时刻刻互相联络的流浪者"(Bauman,1998:75)。城市不再成为各行各业的共同体的和平以及各种制度的守护者,而是已经处于瘫痪状态。

　　该小说的邻里文化的丧失与20世纪60年代英国的城市规划政策密切相关。在这个时期,英国政府启动了"消除不合格建筑"这一计划(Abbott,2003:124),进行了大规模的贫民窟拆迁和高楼兴建活动,旨在改善民众的生活条件,《水泥花园》中像杰克他们家的房子以及那些联排式房屋就明显位于拆迁之列。而与此同时,城市中的高层建筑越建越高,以至于塔式大楼成为市中心的一道风景。读者看到的是,城市的旧建筑不断被拆除或损毁,取而代之的是冰冷僵硬的高楼大厦。杰克说道:"在我们住的街道上，还剩下几幢连排式房屋，其余的以及对面街上的所有的房屋都给拆除了，据说要建成20层高的高层住宅区。"（麦克尤恩，2012b：22）代表城市传统的建筑都被无情地拆除，然后再用水泥填充，一切原生态的东西都将再无生存之地，取而代之的是20层高的水泥之树。该城市的大规模的拆除和重建行动严重削弱了其自身的文化底蕴，这是因为传统的城市由具体的合作社和家庭组成，在同它们的关系上，城市处于必然的依附之中。该城市连同它的语言、它的风俗、它的信仰，如同与它的土地、它的房屋和它的宝物一样，不再是一种恒久的东西。而共同的风俗和共同的信仰，曾经渗透于城市的人员之中，对其生活的统一与和平至关重要，它具有心灵的性质。它的经历了许多代人的更迭而保持不变的理念、思想和特性已全然崩溃。城市丧失了它的灵魂。在个体化社会，城市的灵魂只是人们在拥有完全的消费自由之后陷入孤独和不稳定状态中的一种幻象，是自由与安全失衡的一种心理反应。总而言之，该城市自身具有的文化底蕴已经丧失殆尽，成了"一座当代的大墓地"（Maczynska，2010：58）。因此，其邻里文化的丧失也自然处于意料之中。

小说的题目"水泥花园"也暗示了邻里文化的丧失。该小说题目 Cement Garden 中的 garden 是多义词，有"花园""菜园"和"庭园"，甚至"公园"的意思，也就是代表赋有生命的美好的东西。然而，作者在 garden 前加了限制词"水泥"（cement）这就否定了它本应具有的美好——这不仅象征着花园中的生命被扼杀，而且象征着个体化社会中人与人之间的关系如水泥般冰冷僵硬。正如某学者所指出的，"意象是情感直接作用的产物，其基本功能在于将难以言说的情感呈现出来供人们观照、认识和理解"（吴晓，1990：103）。由水泥花园这一意象可以看出，花园是由各种各样的事物组成的有机共同体，它本身是和谐与美好的象征。花园代表着和谐而又美好的传统城市。水泥是科技文明的象征，坚硬而又冰冷，当用它来覆盖城市这座花园的时候，城市原本和谐美好的统一体就处于科技文明的摧残之下，城市本身丰富的文化底蕴遭到严重削弱，这其中就包括邻里文化。该城市就是一座用水泥造就的现代大花园，城市建设的速度令人吃惊，现代文明的发展也令人称赞。但由于水泥的坚硬而冰冷的本质，表面上看似幸福地享受着现代文明成果的人们却很难给予彼此真情实感。水泥毁灭了这座城市的有机和谐建构，让原本身心健康的人变成了个体化社会中的一个个原子化的机械物。"母亲死后，我曾站在家的外面观看自己住的房子，我的感觉是我们一家人就住在这么个水泥长方形里。而房子周边的其他房子几乎都被推倒了，导致周围简直像个废品站。"（麦克尤恩，2012b：157）"水泥长方形"这一意象不仅指代这户人家的房子，而且是直指该城市的形象。在个体化社会，它已经成为水泥包裹的机械品，不再是有机的共同体。《水泥花园》展现给我们的正是废墟似的城市中的各种颓废形象：精神与物质的双重颓废。这座城市在消费主义的影响下，完全为物质主义思想所充斥，城市失去了它的向心力。如果将城市比作母亲的话，那么它正在遭受科技文明的残酷剥削与蹂躏，是理性与文明的直接受害者。小说中的母亲生病暗示了人类与城市环境的极度失调，她的死说明在由水泥造就的个体化社会，人类的本真情感和天然生命无法存续下去，正所谓"在物质上的每一次'进步'阶段，总是为另一次更惊人的浩劫带来更大的威胁"（荣格，1987：305）。由此看出，对城市来说，一往无前的科技理性和工商业的繁荣未必是真正意义上的进步，因为富于城市特色的邻里文化在科技文明的作用下，日益受到破坏，濒临灭绝。对于科技文明与城市发展的关系，麦克尤恩持有一种辩证的态度，与当代的发展观形成了对话。一方面，他尊崇科学，"对科学抱有浓厚的兴趣"（Roberts，2010：80），他肯定科学的价值以及其对人类的进步作出的贡献；另一方面，他又持一种批判的态度。他似乎认为，城市发展的同时，应兼顾城市自身文化的发展，否则，城市会变得毫无特色，丧失自身包括邻里文化在内的特色文化。

第三节　社群文化的衰落

麦克尤恩在《水泥花园》中描绘了形形色色的感官文化，意在表明传统具有凝聚力的文化正在消失，其中就包括作为社群文化典型代表的高雅文化，因为高雅文化凝聚了各民族最优秀的思想。在《水泥花园》中，消费文化的影子充斥其中。朱莉由于有着高高凸起的颧骨，看起来像是"一头稀有的野生动物"（麦克尤恩，2012b：8），她大胆、独立、自信而美丽。她玩倒立时从大腿间伸出的黑色毛发、晒日光浴时的性感的着装、她让杰克为她涂抹体油时的诱惑、与杰克乱伦时性感迷人的打扮等，不仅时不时地勾起杰克的性欲，而且更为重要的是，她代表了消费时代最为流行的色情与感官文化。正所谓在消费社会，"女性通过性解放被'消费'，性解放通过女性被'消费'"（鲍德里亚，1970：150）。对于苏，杰克则用"异类"来描绘她。在性游戏中，她的身体被当作"来自外空的标本"（麦克尤恩，2012b：5）来审视，后来，他说她确实像一个外星人。在这里，苏的身体被当作视觉的客体，成为大家凝视的对象，而这恰恰是视觉文化的重要内容。杰克由于孤独而沉溺于手淫，尽管母亲生前警告过他，他还是陋习不改。不仅如此，他还自恋，每当对着镜子时，他可以"盯着镜子中的自己长达一个小时"（麦克尤恩，2012b：21）。杰克的手淫、自恋反映了他的情欲的高涨。杰克还对朱莉抱有难以启齿的欲望，对他来说，朱莉既是姐姐，又是母亲，最终，麦克尤恩制造了一种情境，"俄底浦斯情结与乱伦合而为一"（Slay，1996：44）。而欲望也是感官文化的内容之一。汤姆则是一个具有异装癖，喜欢倒退到婴儿状态的奶娃娃形象。异装癖是消费社会中的时髦词之一。小说中体现的遵循享乐主义，追逐眼前的快感，培养自我表现的生活方式，发展自恋和自私的人格类型，这一切是消费文化所强调的内容。消费文化使用的是影像、记号和符号商品，它们体现了梦想、欲望与离奇幻想。该小说中的消费文化无不带有大众文化的低俗性与堕落，它停留在感官层面，浸淫于最直接而又最肤浅的低级趣味，显示了大众文化的粗制滥造。消费文化旨在迎合受众，制造轰动效应，诱使其沉湎于浅薄乏味的享乐主义幻觉。它只关心娱乐价值，强调自足性或其背后的商业价值，而不关心事物自身的价值和意义，这与传统高雅文化的社会性及其本质相去甚远。麦克尤恩借此意在表明，在个体化社会，高雅文化日益失去自己的领地，并逐渐让位于低俗的大众文化。

在该小说中，传统具有凝聚力的文化遭到解构，各种虚伪的文化竞相上台亮相，"从解构到无厘头再到恶搞，价值虚无主义一步一步走向极端"（冯建军，2008：37）。而社会所赖以存在的那些具有核心价值的文化被漫画化、虚无化，这更加剧了传统高雅文化的危机。传统高雅文化本是一种反随意的装置，它试图生产与维持秩序，它是一场旨在反对随意及其带来的秩序战争，而在该小说中，"文化话语具有所有'范式危机'的症状"（Bauman，1997：160）。在秩序与无序的外在战争中，传统高雅文化的立场尽管站在秩序的阵营中，但它已经无法与无序进行抗争。其最突出的表现是传统文化的"规范性"在该小说中已变成模糊的概念，消费文化这一"例外"取代了代表常态的高雅文化，成为事物所呈现的样子。这一点成为个体化时期文化的一个重要特征。这是由于在个体化社会，选择是消费者的特征，而且消费者社区的合作社性质意味着选择自由。这种模糊和不确定性对于个体而言是一种折磨神经的痛苦，而对消费市场而言则无疑是个好消息。日益肆虐的消费主义不仅增加了社会的脆弱和不稳定因素，而且消解了人们的社会责任感和批判意识，损害了这个家庭的团结和集体精神。而且，《水泥花园》中人物的欲望是不能被永久满足的。消费的促进，犹如自由的冲动，导致了他们自身满足的不可能。这样就不断地推动着个体化社会消费文化的再生产。文化的多样性和异质性既是消费生活的碎片化和多元化的客观反映，也是它的维持因素。而在此过程中，往往忽视了文化生产的道德维度。传统高雅文化的作用在于将群体的集体再现施加到个体身上，通过集体义务和社会参与来限制激情，《水泥花园》中的人物由于没有受到传统文化的熏陶，"就会在某些情况下受到过多期待的驱动而走向文化沦丧的自灭状态"（Turner，1996：78）。因此，巴特断言 20 世纪西方社会的文化危机是"人的危机"，"人世已经变成了炼狱"（冯建军，2008：37）。其实质是高雅文化丧失了它应有的凝聚信念的功能，人们由于缺乏统一的精神指引，因而人心涣散。

高雅文化的衰落和感官文化的兴起与英国社会的时代背景密切相关。在 20 世纪 60 年代，英国社会出现了所谓的"新道德"，它其实就是"性解放"的同义词，是一种性关系公开化或神圣化的反映。英国的性文化史可被看作在性欲限制与文化行为松弛之间摇摆的钟摆。17世纪清教革命之后，随之而来的王政复辟时代带来了性行为的放任自由。在18世纪晚期和19世纪，人们又回到严苛的性生活方式之中。随后，在当代社会中，一种新的放纵主义成为占主导地位的主题（Stone，1979：37）。《水泥花园》中充满色情意味的消费文化无疑受到了这种新文化的巨大推动，与经典文化相比，它缺乏必要的具体性、成熟性和健康性等品格，实质上是一种商业骗局。在消费社会，身体被出售着，美丽被出售着，色情被出售着（鲍德里亚，1970：146）。麦克尤恩通过该作品与历史形成了对话，表现了他对于传统高雅文化在个体化社会的失势局面的深深遗憾，同时，也表达了他对于为欲望所充斥的消费文化的深刻质疑与批判。

麦克尤恩在《水泥花园》中还通过刻画家庭和社会的失序来揭示社群文化的丧失。父亲去世之前，他竭力维护自己作为父权制社会的家长形象，通过自己的独断与专制在家庭中建立了严格的秩序。父亲死后，这种秩序便轰然倒塌。在父母双双去世以后，这个家庭更是处于严重的失序状态之中（Malcolm，2002：58），呈现出一盘散沙的迹象。穆勒（Swantje Moller）指出，"该小说后面部分描述了父母去世后，孩子们试图体验他们不知道的自由"（Möller，2011：148）。然而，这种评论并不贴切，他们体验到的其实不是自由，反而是一种奴役。父母死后，孩子们处于单调和无意义的生活当中，犹如水泥窒息着它下面的生命，孩子们处于极度自由的"奴役"当中。他们整天沉浸在自己的世界里，没有人能够成为这个家庭的精神向导。尽管朱莉是年龄最大的孩子，她也未能充当弟弟妹妹们人生道路中的指引人。她除了尽到照顾汤姆的最起码的责任之外，通常和他们保持着一种距离。即使在闲暇时间，她也不会与他们一起在假山上晒日光浴，而是独自带着收音机，一边收听，一边沉浸在自己的世界中。苏则整天呆在房间写日记，当杰克去她的房间时，她像是已经在里面待了好几个小时了。而最小的孩子汤姆由于在学校经常受到欺负，便产生了要变成女孩子的想法，因为他觉得自己要是个女孩就不会有人揍他了。后来，他干脆完全倒退到婴儿状态，发出婴儿般的哭声。在所有的孩子当中，最反常的一个当属杰克，因为他集自恋、手淫等毛病于一身。不仅如此，由于空虚和孤独，杰克产生了"无对象暴力"的倾向，它包括从破坏性(暴力、轻罪)到可传染的压抑性(疲劳、自杀、神经症)等多种形式(鲍德里亚，1970：199)。他与兄弟姐妹不和，与朱莉争吵，与苏对抗，粗暴地对待汤姆。不仅如此，他还用石头残忍地砸死、砸碎青蛙。他用让自己成为暴徒这种方式对抗母亲死亡及其秘密埋葬带来的焦虑，以此让自己在这种平庸的生活中得到片刻的缓解。这种暴力本身不再是历史的、圣化的、礼仪的或意识形态的，因而它并非个体独特单纯的行为，它是与消费社会的丰盛联系在一起的，因为在宁静的消费世界中，人们实际上为暴力所包围。不仅如此，杰克还丧失了记忆，他经常问："我是谁？"(麦克尤恩，2012b：90)而"记忆发挥着感激和忠诚的作用"(Tonnies，1988：68)，杰克的失忆不只是他个人的，更是个体化社会中所有个体失忆的典型代表。在小说的结尾处，杰克几次提到了他的生活犹如梦幻一般，对于地窖中的坟墓，他的感觉是这样的，"当我们不是实际下去看着那个柜子时，我们就像是睡着了"(麦克尤恩，2012b：164)。这说明他们的生活陷入绝对的空虚当中，现实与想象已难以区分。

在《水泥花园》中，麦克尤恩制造一种极度孤立的环境，使这户人家的房子映衬出孩子们封闭的心理空间。封闭制造了一种形势：孩子们与社会隔绝，因此他们可以不受拘束地尝试性别角色和社会角色，他们尽情放纵着自己的欲望。而正是这种情境让他们凝聚力涣散(Wells，2009：35)。他们心中已无规则，他们活在空虚当中。对他们来说，规则和准则的缺失不是负担，而是一种解放、完全正常和自然(Malcolm，2002：64)。由于孩子们完全处于无政府状态，他们的生活面临着存在的危机，他们很难建立一套属于他们自己的价值观。在这种情况下，他们出现了如特里·伊格尔顿所指出的问题，"遵守规则的统治既不是无政府主义的问题，也不是独裁统治的问题。如同文化一般，规则既不是完全任意的，也不是非常严格地决定的——它们都涉及自由的观念。完全脱离文化传统的人和他们的奴隶相比，他们没有更多的自由"（Eagleton，2000：4），其中的问题是，如果一个人拥有绝对完全的自由，那么他会处于另外一种被奴役的状态。这就是自由的难题：极度的自由会成为另外一种奴役。

在此，麦克尤恩与戈尔丁的《蝇王》展开了对话。这两部小说的共同点是它们均揭示了英国文明社会中的弊病，孩子们都发现了自己从文明的成人世界中解放出来，然而，这种新的自由成为一种难以驯服的野兽，撕裂并吞噬着他们文明的本性。当然，它们更有着各自不同的特点。《蝇王》的故事背景选择在一个异国他乡，人物被搁浅在一个荒岛上，他们很快呈现出本性中野蛮的一面。而在《水泥花园》中，麦克尤恩没有将背景设置为一个异国情调的未开化的他乡，而是将人物设置于一个日常生活中的社会。这些人物最终没有成为野蛮人，相反，他们屈服于现代社会的停滞状态，他们懒散、漫不经心而又无聊。麦克尤恩对《蝇王》中被丢弃和处于混乱中的孩子们的形象加以改造，将他们置于当代社会背景，迫使他们与日常生活中的恐怖搏斗。麦克尤恩承认戈尔丁的《蝇王》对他的《水泥花园》创作的影响，该小说的基本框架就明显受到《蝇王》的启示：将孩子置于与世隔绝的状态。"戈尔丁的《蝇王》的引人注目之处在于，在由孩子们主导的世界，事情以一种可怕而又有趣的方式继续着。"（Slay，1996：37）麦克尤恩指出："我的小说中的人物同样为无序中的自由所困扰。"（Slay，1996：37）你甚至看不到任何家庭的迹象，"每个人都以一种孤立的个体身份消融在大众文化之中并接受着大众传媒的哺养"（Griffin，1998：48）。《水泥花园》表现了人物对自由的追求，对无序的渴望，但如果真的到了这种状态，他们又会不知所措，难以解决自由与秩序的关系。这种极度自由其实是个体化社会中个体的普遍病症的一种隐喻。不仅如此，《水泥花园》虽无无时间概念，"但又契合了它的时代"（Wells，2009：65）。该作品文风的灰色情调，几乎完全缺乏想象，再加上历史维度的缺失，这些突出了其超乎时间和社会之外的存在的单调与空虚（Williams，1996：219），是人物缺乏凝聚力的表现。

　　这种自由难题主要源自人物的社群情怀的丧失（Wells，2009：58）①。阿德勒认为，社群情怀最重要的意思是："为一个必须看作永远适用的社会形式奋斗，例如，在人达到完美境界时能被看作永远适用的形式。"（Adler，1938：275）而在《水泥花园》中，社群情怀不再是一种想象的和理想的人类状态。由于它的缺乏，人物和外在世界的所有关系难以得到正确的调整，这是社群文化的式微体现在家庭层面的一个缩影。正如麦金泰尔所指出的，"一个真正的社群是一个注重人生目的，追求德性的社群。……社群所有成员都追求共同的目的；成员要有情谊，即朋友之间对于什么是'善'有一种共同的感知，然后彼此相互激励，并以此来促进公共善的实现；社群必须有一个贯穿过去与未来的整体文化计划，并以这个计划来唤起成员的归属感和爱国心"（麦金泰尔，1995：320）。而《水泥花园》中的人物不能互相尊重并自尊，他们对于个人和社会的责任意识不明显，无法做到尊重自我权利的同时，尊重他人的权利。他们无法做到这一点：自制与学会服务于他人（Etzioni，1993：253-254）。他们由于没有共同的目标，就没有强烈的情感共鸣，就很难形成对于彼此的认同感。在小说结尾，朱莉和杰克发生了乱伦行为。对此，我们甚至可以说，这是由于他们在巨大精神压力和孤独至极的情况下对于爱和归属感的渴求的必然结果。一些社会调查家把"乱伦"描述为工人阶级"野蛮人"的首选罪过和习惯性行为（Corbett，2008：188）。然而，《水泥花园》中的乱伦并非如此，它其实体现了人物对社群文化的需求，"朱莉和杰克这两位主人公成功地踏上了他们的俄底浦斯之路，并承担起照顾性的负有责任的成人角色"（Wells，

---

　　① 所谓的社群情怀就是一种共同体情怀，是由奥地利精神病学家阿尔弗雷德·阿德勒提出的一个概念，"它贯穿于人的一生，能够分化、确定、扩展，在良好的情况下，不仅可以扩展到家庭成员，而且是更大的群体、国家、全人类，甚至也能够扩展到动物、植物、无机物乃至宇宙"。参见 Adler, A. Individual Psychology of Alfred Adler [M]. New York：Basic Books, 1956：138. 由此看出，社群情怀是一个非常宽泛的概念，它是一个具有多重内涵的概念复合体，"它是一种调控性的理想，一个能够指引方向的目标"。参见 Adler, A. Social Interest：A Challenge to Mankind [M]. London：Faber & Faber, 1938：276.

2009：36）。他们扮演成人的角色说明他们对于完整家庭的渴望，体现了他们对于社群文化的渴求。杰克与朱莉在乱伦中的"赤裸"本身与之前他们的自我封闭式的碎片性存在形成了对比，它表明了一种交流状态，表现了他们想要突破自我的禁锢，寻求与他人的交流以求达到一种连续的存在。而且，"姐弟乱伦是为了阻止生活的停滞状态，同时，也是为了维护稳定"（Wells，2009：25）。在乱伦发生后，警笛声、沉重的关门声以及警察们匆忙的脚步声都暗示了社会秩序被重新嵌入小说的叙事当中（Wells，2009：25）。从文学的角度和隐喻的角度来看，杰克和朱莉的乱伦是一种对平等和平衡的强调，是对两极（男女）的统一，揭示了他们对于共同体的向往（Malcolm，2002：59）。尽管表面的和谐隐藏着深层的罪恶（Malcolm，2002：59），但是人物却通过乱伦，结束了自己迷失的人生，为自己的生活找到了指引，使重新让自己拥有社群情怀成为可能。

杰克和朱莉的乱伦其实是出于麦克尤恩对于处于孤独环境中的个体的同情而采取的一种解决方式。他是独生子女，从小就有对大家庭的一种渴望，他自己也承认他创作这部小说是"出于拥有大家庭的幻想"（Roberts，2010：28）。家庭是社群文化最深刻的体现单位，如果家庭成员丧失了团结精神，他们也就丧失了社群情怀，象征家庭凝聚力的社群文化也就会随之丧失。麦克尤恩借此表达了他对于个体化社会中作为典型的家庭社群文化的衰落的深深失望，而与此同时，他又借助姐弟乱伦来表达自己想要逆转这一局面的努力。

从"一战"结束到撒切尔执政期间，人们的观念处于不断更新之中。20世纪60年代更是如此，它是英国社会不同凡响的十年，它被视为"年轻人的地震"而为人们所记忆。它是一个"公共体面"遭到违反的年代（Abbott，2003：121），失落感弥漫于这一时期。1964年，英国青少年奇怪的衣服和音乐激起了人们的反对意见，曾一度引起文化恐慌，因为人们感觉现行文化已成一片"堆满支离破碎的信念碎片的荒原"（刘文荣，2010：4）。《水泥花园》无疑与英国的这段历史产生了共振。该小说反映了这一时期的英国社会物质生活相对丰富，而精神领域因信仰危机导致了文化危机和精神瘫瘐这一现实，正如戴维·马尔科姆所说："杰克对于他家房子的描述，会让任何一个成长于 20 世纪 60 年代的人感觉熟悉，同时，它又是对战后城市荒原景象的描绘：全然的颓废与失序。"(Malcolm，2002：55) 马尔科姆指出："心理失常不光是一个家庭的问题，而且是一个国家的问题。"(Malcolm，2002：55) "二战"以后，英国的国力被大大削弱，其经济地位在国际上亦不断下降，并彻底丧失了竞争力。而在英国国内，各种矛盾也是此消彼长。英格兰人和爱尔兰人之间的矛盾极其尖锐，苏格兰和威尔士的种族矛盾亦是难以调和。而女权主义运动也达到了新的高潮，妇女要求提高自身的政治、经济和社会地位的呼声日益高涨。更为严重的是，英法联军入侵埃及的失败严重地伤害了英国人的自尊心，帝国梦已成为历史，民众的心理无所适从，于是出现了信仰危机，《水泥花园》中人物的各种各样的心理异常其实就是这种信仰危机的外在表现。在这样的时代背景下，民族凝聚力受到了重创。

《水泥花园》中的非主流文化对英国传统文化的冲击引发的传统价值观念的崩溃尤其体现了这一时期英国社会的动荡。本尼迪克特·安德森在其《想象的共同体》中说，共同体需要想象，这是"因为即便在最小的民族里，每个成员都永远无法认识大多数同胞，无法与他们相遇，甚至无法听说他们的故事，不过在每个人的脑海里，存活着自己所在共同体的影像"(Anderson，1991：6)。一方面，共同体需要想象；另一方面，共同体的凝聚力亦显而易见。作为共同体凝聚力象征的社群文化同样具有强大的向心力。而在《水泥花园》中，社群文化不再是刺激民族信念的首要力量，它已经丧失了它的凝聚功能，无力成为民族共同的信念。在这种时代背景下，社会的凝聚力遭到严重削弱，人们相互之间不再友爱，而"一切友爱，都意味着某种共同体的存在"(亚里士多德，2003：251)。人们也不再为某个共同的目标而奋斗，而是各自生活在自己的牢笼当中，整个社会人心涣散，不思进取，没有受到一种共同的精神纽带的约束或鼓舞。"没有共同目标，就没有强烈的情感共鸣，人们就很难形成可以辨别的对共同体的认同感。"(White，2013：175) 于是，精神共同体呈现式微的趋势可见一斑，而与共同体密切相关的社群文化亦随之瓦解。麦克尤恩在这部作品中解构了传统的具有高度凝聚力的社群文化，他通过这部当代都市寓言表达了自己对个体化社会由于社群文化的衰落导致社会的一盘散沙、毫无凝聚力局面的痛心，他希望借此唤醒人的本真情感和心灵呼求，进而让人们彼此团结一致，让这个社会充满凝聚力，并让它往日的社群文化继续生机勃勃地存留于这个世界上。

文化原本同耕种、养殖的农业相关，具有耕耘之意，后引申为对人的身体和精神两方面的培养，表示人类开化走向文明的程度。时至今日，文化被认为是一个复杂的总体，包括知识、信仰、艺术、道德、法律、风俗，以及人类在社会里所获得的一切能力和习惯。文化还可被认为是"人自身从其世界中创造出来的，使他们思考和谈论的东西"（科斯洛夫斯基，1999：11）。文化既是历史凝结成的稳定的生活方式，又是一切社会活动和社会存在领域中内在的和理性的东西，是从深层制约和影响每一个体和每一种社会活动的生存方式（衣俊卿，2003：5-6）。由此看出，文化既可以是人们所未曾意识到的自发的生存模式，也可以表现为人的自觉的价值观念或文化精神，文化是一个民族在其生活空间中的生活秩序以及生命意义的表达。关于文化的研究，最经典的要数阿诺德、利维斯以及威廉姆斯等人的理论。阿诺德在《文化与无政府状态》中将文化界定为世界上所思所言的最好的东西，这为后人认识文化提供了很好的参考。作为英国文化研究的先驱，利维斯也坚信文化总是少数人的专利。他认为文学批评的使命就在于确立标准，以唤醒一种正确得当的差别意识，从而提高大众的鉴赏品位和道德水平。威廉姆斯认为，文化是对某一特定生活方式的描述。他指出："文化的意义和价值不仅在艺术和知识过程中得到表述，同样也体现在机构和日常行为中。从这一定义出发，文化分析也就是对某一特定的生活方式、某一特定文化或隐或显的意义和价值的澄清。"（Williams，1998：48）可以见出，威廉姆斯的观点与阿诺德和利维斯的观点有所不同，他将日常行为列入文化的内容当中。因此，他的理论成为大众文化理论的基础。他与阿诺德、利维斯等人在观点上的分歧，其实反映了文化的一种流变，即从传统文化向大众文化的过渡。这也从侧面反映了传统共同体文化的衰落以及消费文化的兴起。

随着资本全球化和消费时代的到来，传统的共同体均呈现出解体的趋势。晚期资本主义的逻辑继续突破现代国家和社会的规范性约束而向全球扩展。这种趋势使历史过渡到了一个以个体为圆心、全球为圆周、消费欲望为半径的新时代。鲍曼认为，当代人的生活方式已由"定居"转变为"游牧"，即"流动"。因此，当代人的生活方式可以称为游牧的生活方式。它形成于把不确定性常规化的境况中。"今天，我们所有的人都在移动着"（Bauman，1998：77）。当代人的生活如履薄冰，"在薄冰上滑行时，我们的安全取决于我们的速度"。当代人的生活其实是"在流沙上学走"（Bauman，2005：117）。全球范围内的人都陷入其中，个体化成为一种没有外在规范约束的生活方式。尽管自由和安全是个体存在的条件，但享有高度自由的个体又必然要失去共同体的保护而没有安全感。正如利维斯所指出的，"我们失去的是一个蕴藉着活生生文化的有机共同体"（Leavis，1933：12）。与此同时，在个体化社会，人们的消费无处不在。消费已成为一种积极的关系方式，不仅对于物，而且对于集体与世界，也是如此。消费也是一种系统的行为和总体反应的方式，因为"我们的整个文化体系就是建立在这个基础之上的"（鲍德里亚，1970：1）。这种个体化的文化受消费欲望所诱惑和主宰，没有确定性的实现形式。

小说《水泥花园》反映了文化对居于其中的人物的重大影响。正是由于这些人物处于与传统文化截然不同的消费文化中，他们的人生观和价值观均发生了巨大的变化，传统共同体文化不再能发挥自身的作用，从而引发了文化危机。这种文化危机与传统文化危机有所不同，后者源于核心文化观念的丧失和主观文化与客观文化之间的激烈冲突与对抗。而在个体化社会中，人们虽依然聚集在一起，但只是为了逃避孤独和生活空虚，以便找到一种群体的感觉，而真正的社会生活缺失了，社交的艺术几乎不存在了。而个体化的文化危机则会造成社会失范，共识崩溃。《水泥花园》中的人物作为家庭成员，缺乏团结精神；作为社会成员，缺乏兄弟情谊；作为公民，缺乏社群情怀。揭示该小说中的文化危机，可以为个体化研究提供有价值的参考，进而表明文化与社会息息相关，它需要扎根于社会这一土壤之中。因此，它的内涵也会随着社会的变革而不断发生变化，这是因为"任何特殊的社会生活世界都是由居住于其中的人的意义建构的"（Roberts，2010：103）。

在全球化时期，文化的多样性或多元文化主义并没有呈现出作为一种思维方式之多元性的价值，而完全蜕化为维护和巩固资本全球统治秩序的有力工具。它是 20 世纪文化危机的一个侧面。全球性的消费自由不仅消融了民族国家的认同，而且取代了生产的中心地位。其结果便是，民族团结、地域联系、共同体情感、邻里关系和家庭团结等方面文化的不断式微。小说《水泥花园》体现了各种文化话语的冲突与博弈，揭示了传统共同体文化在个体化时期面临瓦解的危机，同时也表明了个体化时期文化的新走向。麦克尤恩以一种对社会负责的态度尖锐地批判了个体化时期文化的衰落这一现象，指出了消费主义在其中扮演的重要作用，深刻体现了麦克尤恩对于这种文化现状的担忧与焦虑。

麦克尤恩一度喜欢卡夫卡小说中的年代、地点等均不明确这一特点，因为它可以制造一种封闭的生存境况。《水泥花园》中自足封闭的世界反映了当代社会范围更广、更加令人窒息的生存状况。在这个世界中，城市崩溃为荒原，家庭解体，儿童遭到了抛弃（Slay，1996：50）。在此，麦克尤恩没有运用文化审查的口吻，而是从一个孩童的视角进行呈现，这也契合了他早期小说的人物特征：他们大多是特殊情境中的人物："边缘的、异化的、以其他方式排斥于社会之外的。"（Roberts，2010：68）因为麦克尤恩发现，"在疏离中可以发现更多的真理"（Roberts，2010：40）。在此过程中，麦克尤恩作品中的都市文化批判思想得到了淋漓尽致的表达。他在故事叙述方面并不以极端的暴力情节表达其对当代社会的整体感知，而是"营造一种非常普通和熟悉的感觉，但在这种感觉中，却潜伏着令人极度不安的东西"（Richard，2007：18）。叙述者的叙述表面上温和冷静，实则表现了他内心的严重慌乱与剧烈不安。杜克海姆认为，一个人有两种存在：一种是建立在有机体之中的个体存在，因此其活动范围受到严格限制；另一种是社会存在，它再现我们通过观察可以认识到的理智与文化秩序中的最高现实（Dunkheim，1961：77）。从这个角度来说，这部小说又是"一本重要的必读书"（Olsen，1987：41）。

麦克尤恩在该小说中多处进行了性的描写，哈桑的观点可以非常贴切地解释他的用意。哈桑把文学中的"性"描写看成一种极富沉默意味的形式，这种沉默形式与抗议相关联。他说："在性压抑的文化中，抗议完全可能采取带有意味的猥亵形式。因此，展示这种动机的文学是一种反叛文学。"（Hassan，1967：10）麦克尤恩就是在这种反叛的文学中表达了自己的愤怒，其目的是让世人惊醒、警醒、觉醒；这愤怒来自他对自我的不停寻找。麦克尤恩亲身经历了20世纪社会中个人与社会文化的剧烈冲突，看到了西方传统共同体文化的没落，以及人们信仰的丧失。他运用了反讽手法描写处于边缘地带的青少年在现代大都市的荒漠中所感受到的痛苦、孤独、绝望和迷茫，"《水泥花园》不是个体走向成熟与和谐的'成长小说'，而是一部性心理走向迷误与畸变的'反成长'小说"（张和龙，2003：40）。麦克尤恩在访谈中提到，他之所以会写这部小说，是"源自他孩童时期拥有大家庭的幻想，是由于受到动物性的自由感所吸引"（Roberts，2010：17）。出于大家庭的幻想固然是其中原因之一，但更为重要的是，麦克尤恩是一位嗅觉灵敏的小说家，紧跟时代脉搏才是他的创作主旨所在。"水泥花园"中的生命被折磨，精神被扭曲，面临着死亡的威胁。这表明在当代，人类与自然的联系被完全割断，水泥让现代都市变得冰冷、僵硬、毫无生气，而且，它侵入了当代人的内心，侵蚀着人们的美好心灵。由于传统的共同体文化趋于消失，他们的心灵难有归宿，于是，他们的内心自然而然地被冷漠和麻木所取代。麦克尤恩通过这部小说揭示了英国传统文化在这一时期经历的深刻变化，从侧面反映了英国社会发生的重大变革，实现了与当今时代的对话，对于揭示当今时代的病症具有重要的意义。

第二章 《只爱陌生人》：个体化的心理危机

在上一章，我们以麦克尤恩的小说《水泥花园》为例，深入地分析了该小说中所展示的个体化社会的文化危机，这种文化危机作为全球化时代西方社会文化危机的呈现，主要表现在家庭和睦文化的消解、城市邻里文化的丧失以及社群文化的衰落，这种文化危机不仅仅表现在文化上，作为总体性的文化危机，它深深根植于人们的心理之中，首先表现为一个感性的心理危机。作为一个对当今社会有着深刻洞见的作家，麦克尤恩的创作深入个体化时代个体的心理危机当中，向读者展示了个体化心理危机的众生相。在本章，我们将以《只爱陌生人》为例，进一步探讨麦克尤恩对个体化社会心理危机的描述。

麦克尤恩的小说像一座迷宫，你越是进入他的小说文本，就越能够感受到他小说的构思的奇妙和叙事技巧的成熟。在其成熟时期的小说《赎罪》中，他通过时空的轮回、现实与幻想的交替等形式来体现他小说的叙事特征。而在其早期成名作《只爱陌生人》中，人物心理状态的描写就已经达到非常熟稔的程度。该小说的故事发生地点不明确，但根据作家的描述，该城市类似于意大利的威尼斯；小说情节曲折离奇，让人觉得不可思议；而人物亦表现出兽性与变态的倾向。在谈到这部小说时，麦克尤恩说："我于1978年与佩妮·艾伦去威尼斯旅游了一星期，这部小说的素材来源于此行之后写的笔记。"（Roberts，2010：35）小说素材源自自己的经历，通过自己的经历去描述一个故事，可以增加故事的可读性，但麦克尤恩并不仅仅是一个通过故事取胜的作家，更重要的，他是一名注重刻画个体心理状态的作家。麦克尤恩一再强调，"小说中人物的心理状态更加重要"（McEwan，2010：31）。通过小说人物的心理状态的揭示来阐释现代人的生存方式是麦克尤恩早期作品的一个重要特征。在《只爱陌生人》这部小说中，麦克尤恩同样通过描述一个惊悚的令人恶心的故事表现了个体化社会的心理危机。《只爱陌生人》的故事情节并不复杂，讲述了科林和玛丽这对情侣来到一座极像威尼斯的城市旅游的故事。在这座城市，他们遭到了陌生人罗伯特夫妇的跟踪，最终，一个遭到了药物的麻醉，一个被杀害并遭到奸尸。小说的故事情节离奇恐怖，悬念迭出。然而，故事情节的"恐怖"只是该小说的形式特征，麦克尤恩对主人公"心理状态"的揭示及其暗含的个体化的心理危机则是该小说的深层意蕴所在。

麦克尤恩一直强调，西方有一个文学传统，那就是"崇尚心灵和直觉，相信感觉"（McEwan，2010：84），而直觉和感觉与心理密切相关。《只爱陌生人》深刻反映了全球化背景下不确定性导致的焦虑对人物造成的严重心理影响和伤害。该小说揭示了人物由于对生活中不确定因素的焦虑，他们在心理上遭受了重创，产生了一种防御机制：既然一切是不断变换的，那么追求片刻的满足成为他们首要的目标。于是，他们产生了各种各样的变态心理，及时行乐成为他们生活中的重要一环，人间的爱发展成为"带有纵欲色彩的陶醉或病态的狂热"（哈贝马斯，2004：8）。它不仅是关于性变态的心理小说，而且是反映心理危机的小说。尽管小说中没有明确的时间，但是小说中的一些细节反映了该小说的时代背景接近它的出版时间，即1980年前后。这个时期正处于全球化的初始阶段，在该阶段，随着资本的全球性扩展以及民族国家功能的日渐衰弱，柏拉图意义上的"洞穴人"的束缚被解除。他们带着迷惑和好奇，走出洞穴，在一个充满不确定性的世界中四处游荡，成为原子化的个体。很快，他们就发现自己身处一个迷宫似的混乱无序的世界当中，原先的生活指南不再有效，生活失去了确定性和意义。一些人自愿回到原先的洞穴当中，但原先的确定性无从找寻，只好在洞内漫无目的地游荡；另一些人徘徊于洞外，要么找寻不到回归之路，要么不想回归洞穴。他们无论身处何处，都处于茫然不知所措的状态，因为这是一个无根的陌生人的世界。在这里，既没有确定的道德准则也没有统一的行为规范。没有人告诉他们应该怎么做，他们只有依靠自己为生活创造意义。

这种个体的存在方式已由"稳固性"转变为"流动性"，即"我们正在从一个前设的'参考群体'时代走向一个'普遍关照'的时代"（Bauman，2000：11）。这就是说，在现代性的稳固阶段，人们在制定个人目标和生活策略时，都以某一特定群体的模式、规范和准则为依据。而在个体化社会，这些模式、规范和准则已不再是"已知的、假定的"或"不证自明的"，而是未知的和不确定的。在现代性的稳固阶段，人们在制定生活目标时首先参照的是周围的个人或人群的状况和处境，但在个体化社会，似乎没有什么事物不是变动不居的，因而确立何种生活目标则成了生活中的最大难题。此外，在个体化社会，个体的欲望更少受宗教信仰、社会伦理规范的压制，更多的是受消费对象所诱惑。消费市场的至尊性也带来了严重的后果。消费市场的诱惑使人们丧失自主判断能力，他们对市场的依赖破坏了人与人之间亲密的社会交往，而这又是维持社会关系团结和谐的前提。由于缺乏社交的稳定空间，人们便尽量避免建立一种稳定的相互关系，这让人们之间的交往变得短暂和易变。于是，这种变动的世界使栖息其中的个体处于一种充满不确定性和矛盾性的境况中。高度的个体化程度、高度的个人独立性，同时也意味着高度的孤独化。

由于对于不确定性的焦虑，人们在心理上遭受了巨大的冲击，产生了一种无助感与无能为力感，进而产生了各种各样的心理危机。这种心理危机与现代早期的心理危机具有明显的不同。现代社会人的心理危机常常是由于人们受到工具理性与价值理性的摧残，自我发生了分裂，并让他们产生了"异化感、失落感和幻灭感"（李维屏，2008：245）。他们因此而表现出茫然自失、焦虑不安、万念俱灰或歇斯底里等病态特征。而个体化的心理危机是个体由于不确定性的焦虑，他们往往只注重当下的满足。因此，他们心中的爱发生了萎缩，同时也丧失了自我认同感与归属感，心无所依，心无所属。

《只爱陌生人》充分反映了全球化阶段这种个体化的心理危机。这一点从"只爱陌生人"这一标题中可以看出端倪，为何如胶似漆的情侣一起去旅游，相互之间不信任，而去"信任"陌生人，当然，他们对陌生人也是不信任的。在个体化时代，人与人之间的关系已经不再是"亲密"和"信任"的"稳定"关系，而转化为一种"流动性"疏远的关系，在这一"亲密"关系被阻隔的时代，个体化的心理危机就会滋长。该小说以第三人称叙事，采用有限的全知视角，生动地描述了主人公的所见所闻以及所思所想，叙述者明显位于人物和事件之外。通过这种叙述方式，小说制造了一种间离效果，目的是让人物的心理矛盾和困境得以清晰呈现。这种心理危机与小说的叙事存在的紧密关联是本章探讨的核心议题。本章对个体化社会的心理危机的分析包括三个方面：第一，在个体化社会，情感的萎缩导致人与人之间的真爱被置换为一种纯粹关系，甚至让人产生了恋死情结；第二，自我认同感的衰退导致了人物产生一种对于他人或他物的病态依附心理，并导致他们的身份越界；第三，归属感的丧失让个体化社会的观光客们变成了精神上的流浪者。《只爱陌生人》于1981年出版，它充分反映了个体化时代的各种心理问题，"个体化的心理危机"恰当地形容了小说中反映的时代问题。

第一节　情感的萎缩：从"纯粹关系"到"恋死情结"

情感是人对客观事物是否满足自己的需要而产生的态度体验，具体表现为爱情、幸福、仇恨、厌恶、美感等。可以看出，爱情在情感中占核心地位。众所周知，爱情总是闪耀着美好的光芒，爱既有原始野性的情欲，又具有形而上学的心灵的慰藉。爱情是很多作家重点描述的对象，麦克尤恩也不例外。然而，在麦克尤恩笔下，爱失去了美好、忠贞和至死不渝的原初意义，他笔下的主人公基本丧失了爱的能力。麦克尤恩小说中对爱的描写明显是一种爱的丧失的描写，这与默多克的作品形成了强烈的对比。作为哲学家和小说家的默多克认为，爱是一种个体的感觉。作为人类的一种重要德性，爱揭示了他人的完满。爱他人意味着不会去规定别人的理想状态是什么样，而是主动接受他人是什么样这一事实（Murdoch，1959：51）。在默多克这里，爱是一种自我确证的象征，爱别人，也爱自己，这是有爱的能力的表现。在麦克尤恩这里，爱呈现出一种流动的状态，主人公既不爱自己，也不爱别人，主人公丧失了爱的能力，"在个体化社会，爱也是流动的。爱本来意味着把他人珍视为他们自己的价值，而不是被利用的对象。然而，在个体化社会，由于个体唯一可以信任的是瞬间的满足，爱的内涵被削弱或损害进而发生萎缩。结果，伦理爱的关系就被置换为短暂而实用的纯粹关系"（Bauman，2003a：21）。

麦克尤恩在小说《只爱陌生人》中刻画了人物之间的这种纯粹关系，他们为了达到从彼此获得满足的目的，相互利用，最终导致了他们之间交流的缺乏，彼此之间的关系若即若离。人物之间的关系，其本质上都属于这种纯粹关系，即一种旨在从彼此获得利益的实用性的短暂关系，一种商品化的人际关系。原因在于：他们均有从对方获得满足的实用动机。科林与玛丽之间的关系就是一个典型。科林是单身，玛丽是一个离过婚的女人。他们的情人关系维持了七年，但始终不提结婚的问题。他们来到这座城市的目的是为了给彼此关系一个新生的机会，即重新找回当年的激情。他们将爱置换为了一种彼此间的纯粹关系，把彼此当成了一种性的消费品。这表现在他们的纵欲倾向上。他们从罗伯特的公寓回来以后，他们重新找回了七年前的那种性爱的激情。他们足不出户，整天沉溺于性爱当中，一日三餐都在宾馆解决，尽管宾馆的餐厅非常简陋。他们惊奇于那种巨大的、铺天盖地的快乐，那种尖锐的、几乎是痛苦的兴奋。甚至，他们都不想离开宾馆半步，本来准备穿好衣服外出探险，却又再次倒在了床上，"撕扯着对方的衣服，大声嘲笑着他们的无可救药"（麦克尤恩，2012：97）。更有甚者，他们互开玩笑表达自己的性幻想，玛丽要将科林视为性爱的工具，而科林则要将玛丽当作一台不停运转的性机器。科林和玛丽的心理在无意识当中受到罗伯特夫妇的影响，也从正常的性欲偏离至变态的幻想。他们明明知晓了罗伯特的威胁，却仍然去了罗伯特的住处，目的只有一个：想从罗伯特夫妇那里得到更多的刺激，以发泄心中的欲望。他们通过纵欲将对于彼此的爱置换为了一种从彼此获得满足的纯粹关系。小说题目"只爱陌生人"其实就反映了这种纯粹关系。它体现了个体化社会人们的爱的缺失的一面。在个体化社会，关系本应亲密的人（如小说中的科林和玛丽）之间由于货币的离间效应，再加之爱的纽带的丧失，彼此之间的关系日益变得疏远。于是，他们将目光投向了陌生人，试图从陌生人那里得到一丝慰藉。科林和玛丽对罗伯特夫妇的好奇和盲目信任反映了个体化社会中的个体的普遍心态：猎奇与追求当下的满足，这其实是个体化社会中人与人之间纯粹关系的一种表现。

科林和玛丽的性爱属于典型的后现代的性爱，即纯粹的性爱，它已经从生殖潜能和爱情永恒的束缚中解放出来，成为一种自由和独立的性爱。这种纯粹的性爱的导向是个体间关系的不确定和模糊，他们是没有过去也没有未来的人，只是沉溺于当下的刺激和满足当中。他们用及时行乐代替了永恒的爱情。鉴于这一点，"他们的性爱自由飘荡"（Bauman，2001：300）。他们的性爱塑造了这样一种个性：追求瞬间的满足之后便可抛弃。这让他们不知常规为何物，只知道自身被包围于模糊和不确定当中，唯一能确定的只有眼前的一幕。正如吉登斯所说，在个体化社会，两性关系"正在日渐改弦易辙，变成一种纯粹关系形式"（Giddens，1992：77）。用马尔库塞的话来说，他们只是处于性欲的阶段，这是因为他们彼此并未真正相爱。"这种摆脱了生殖与情爱限制的性爱非常适合需要，它的存在似乎就是要适应后现代时期人们的种类繁多、灵活多变和为期短暂的个性的特殊需要。"（Bauman，2001：302）

他们的纵欲体现了个体化社会对于身体消费的意识形态观念。这种意识形态观念主要保护的是"个人主义价值体系及相关的社会结构"（鲍德里亚，1970：152）。身体与灵魂的二分一直是西方古典哲学的基本观念，推崇灵魂、抑制身体成为西方文学发展的一个基本主题。柏拉图在《理想国》

中要将诗人逐出理想国，原因就在于以荷马为代表的诗人将神描述得与普通大众一样，贪图身体欲望的满足。中世纪的基督教更是禁欲主义的，人在尘世间必须忍受苦难，才能在死后升入天堂。然而，自18世纪以来，感觉主义、经验主义、唯物主义的哲学摧毁了传统的唯灵论教条，"这种为身体进行去魅及世俗化贯穿了整个西方历史：身体的价值曾在于其颠覆性的价值，它是意识形态最尖锐矛盾的策源地"（鲍德里亚，1970：147）。今天，看似取得胜利的身体并没有继续构成一种生动而矛盾的需求，而只是重新圣化为符号。它和灵魂崇拜一样，成为一种观念、一种消费的象征，被部分地物化。快感的正式原则在于：欲望的力量可以变成对可合理操作的物品/符号的要求，必须使个体把自己当成商品，当成最美的物品，当成最珍贵的交换材料。在这种消费观念的影响下，该小说中人物的由欲望主导的纯粹关系替换了真爱便自然在意料当中。

众所周知，在中西方文化中，关于完美的爱情的描述数不胜数。在中国，梁山伯与祝英台的忠贞爱情故事代代相传。在西方，类似的爱情故事中最具代表性的要数罗密欧与朱丽叶的爱情故事。这两则爱情故事都强调了情爱的真挚，让人体验到了爱情理想的巨大力量和为爱付出的壮美画面。而《只爱陌生人》中的科林和玛丽以及罗伯特夫妇既没有梁山伯与罗密欧的对于爱情的专一精神，也无缘祝英台和朱丽叶的反抗精神，这些对他们来说似乎无从谈起，爱在他们这里已经不再是人的本质力量的确证，相反，爱已经被异化为一种"纯粹关系"。科林和玛丽的爱情颠覆了传统情爱的专一和忠贞观念，其中夹杂着很多不确定的因素，如他们对于彼此的了解的不彻底，彼此关系走向的不明确等。爱本身意味着重视预防，"使一个他者成为某个明确的人"（Bauman，2003：20），然而，流动的现代性涉及规避可能有确定性的希望，对他们来说，唯一可以信任的是瞬间的满足。结果，他们之间伦理爱的关系就被置换为短暂而实用的纯粹关系。因此，他们之间的爱是脆弱的、流动的和短暂的。小说家麦克尤恩借助小说这一典型的文学形式表达了他对当今人类情感问题的深刻思考，对于其中不负责任一面的坚决批判，同时也表达了他对传统忠贞爱情的缅怀之情。

在小说最后，玛丽面对科林遗体时的恋恋不舍，她"把手放在科林的手上"（麦克尤恩，2012：163-164），似乎有千言万语要向他倾诉，可是科林不再有机会倾听。临走时，还是护士将他们的手分开。麦克尤恩刻画此情节，意在表达他对于真爱的向往，并让读者在充满不确定性的个体化社会看到了一线曙光。在与维克·撒格（Vic Sage）的谈话中，他指出了一点，"我们通常遗忘了一点——我们可以撒播阳光"（Groes，2013：150）。这阳光就是真爱与善，这是他从人性的光明的一面中看见的一丝希望。

小说开头有这样一个情节：一位年老的绅士不顾自身行动的不便，"半跪下哆哆嗦嗦的两条瘦腿要给老伴照相"（麦克尤恩，2012：10），他的此举却招致一旁的年轻人的嘲笑。老绅士的行为蕴含着对老伴的浓浓爱意，他们之间的爱代表了传统的爱情，而这一点在年轻人看来，却是不可理解的。甚至在科林看来，他认为老绅士"老得难以置信而且衰弱不堪"，老太太则"疯疯癫癫到极点"（麦克尤恩，2012：11），话语中透着一丝鄙夷与不屑。从科林的鄙视中可以看出，传统的真挚情感在个体化社会中已经不再受到珍视，甚至由于它令人费解而遭到嘲弄。这是由于在个体化社会，"金钱处处都被当作目标，并因此迫使特别多的、真正带有目标本身特征的东西，降格为纯粹的手段"（西美尔，2010：21）。货币的分离效应随处可见，纯洁的爱情也不例外，一切重感情的行为从对自然过程的理解中消失，并为一种客观理智所代替，"我们实现世界的事物及其联系将感情的介入排除在外，只把后者看作一个目的论的终点，将它变成客观理智的对象"（西美尔，2010：21）。

在全球化和消费社会的时代背景下，由于资本的流动无处不在，其影响亦巨大而深远。它不只是在身体上，更是在心灵上影响着个体。由于对于不确定性的焦虑，人们总是注重眼前的事物，倾向于讲究事物的实用性，而货币毫无疑问担任了此项功能，它成为人们聚焦的中心，而人类生活的其他方面如情感则被搁置一边。《只爱陌生人》中的人物由于受个体化思维的支配，夫妻或恋人之间的联系变得极其脆弱，爱、友谊、道德责任等逐渐枯萎。麦克尤恩洞察到了当代人情感中这一严重问题，并明确指出，他"注重小说的情感层面"（Roberts，2010：86）。他在小说中刻画人物的情感危机，意在展示当代人的心理危机的一个侧面，并给世人以警示。

按照詹明信的观点，个体化社会的一个重要特征是"情感的退化"（Jameson，1991：56）。爱在个体化时代已不再是一个流行的主题，它已成为18世纪和19世纪小说的历史性探讨的话题。当谈到这一话题时，往往为性欲和权力所替代。而这种观点也在贝尔西那里得到回应。他认为，在后现代社会，爱已演变为欲望，这是因为后现代性代表了一种对于形而上学的激进的怀疑态度，对于现在、超越、确定性和所有的绝对的本质上的质疑。后现代状况让真爱变得不可相信。而这种真爱的丧失与欲望的充斥和人们所处的消费社会紧密相关。鲍德里亚指出，"性欲是消费社会中最重要的事情。它将所有让人看和听的事物都涂上了性的颜料。同时，性也被人消费着"（鲍德里亚，2008：125）。该小说中的科林、玛丽的纵欲足以证明这一点。在这个一切皆可消费、一切皆被消费的社会中，身体，尤其是以色情表达出现的身体成为最重要的消费物品。在此，人物的性及身体已经沦为游戏和游戏中的肉体，它放逐了理性与文化，切断了与道德和灵魂的联系。麦克尤恩通过揭示人物的欲望对真爱的替代，批判了个体化时期的人们因受到消费欲望的诱惑而迷失人生方向这一现状以及消费社会身体"功用性"这一特质，表达了他对于此的强烈不满与深刻质疑。

当爱从"亲密关系"转化为"纯粹关系"之后，爱已经不能成为人之存在的本质力量，人们对不确定性产生了焦虑，这种不确定性在麦克尤恩的笔下展现为对暴力和死亡的书写，这也从另一个层面体现了个体化社会心理危机的一面。小说中罗伯特的个人创伤导致了他的恋死情结。"恋死"是弗洛姆提出的一个重要概念，是情感异化的三种表现之一。① 弗洛姆通过对施虐受虐狂的阐释来体现人的一种无意识欲望，即想要通过权力实现对他人的控制。它不是指生理意义上的性失常心理，而是表明了人的一种对于死亡、毁灭乃至全部无生命的事物的爱，而这种爱与对生命的爱直接对

---

① 在弗洛姆看来，情感异化有三种表现：恋死、恶性自恋和共生性乱伦。

立。恋死的实质是恨，它是揭示一切恶的最核心的东西。具有恋死情结的人一般沉浸于机械和死的事物，在他们看来，"所有活生生的人都是东西，所有活生生的过程、情感和思想都转化成东西。记忆胜过经验，财产胜过生命"（弗洛姆，1989：25）。他们表面上憧憬未来，热爱生活，实则喜好谈论消极的事物和死亡，因为死亡是唯一可以确定的东西。他们的生活由暴力陪伴，因为暴力是其生存的方式之一。恋死是完全同生对立的，是对真爱的一种否定。在小说中，这种"恋死情结"主要表现在罗伯特身上，当罗伯特失去爱的能力之后，则表现出对暴力的钟爱和对死亡的崇尚。

死亡一直是哲学家探讨的一个形而上学问题。叔本华通过他的生命意志论哲学来讨论死亡问题，他强调了自杀对于生命意志的意义二重性，"自杀离意志的否定还远着，它是强烈肯定意志的一种现象"（叔本华，1982：546-547）。自杀不过是对生存条件的不满，而不是对生命意志的放弃，在叔本华这里，死亡是一种超越空虚和痛苦的方式，是生命意志的体现。尼采说："爱和美：永远一致。求爱的意志：这也是甘愿赴死。我对你们怯懦者如此说！"（尼采，1986：262）尼采将美、爱与死三者联结在一起，给死亡赋予了神圣的美感。海德格尔则赋予死亡以本体论的地位，认为人本质就是一个向死而生的过程，生存的基本状态就是"烦、畏和死"，把握了死亡就体验了生存的真正本质。

"恋死情结"并没有赋予死亡以形而上学的意义，它反映的则是现代工业社会原子化的个体的精神状态，生活于这种境况中的人"对生活毫不关心，却深深地迷恋于死亡，但他们并没有意识到这一点，他们把刺激与兴奋误认为是生活的享乐，他们靠幻想过日子，还以为自己生活得很好"（弗洛姆，1979：47）。麦克尤恩在此想要强调的是，"恋死情结"是个体在全球化时期由各种各样不确定性导致的无助感与无能为力感的重压下，心理上产生的一系列变态反应的结果。由于心中的爱日渐萎缩，有的个体只对无生命的事物感兴趣，展示了人性冷酷的一面，他们对生命漠不关心，却深深迷恋于死亡。《只爱陌生人》中的人物都不同程度地卷入行尸走肉般的生存状态，他们是被空虚吞噬的空心人。他们没有信仰，与他人的交往多半出于功利而非真情，无以维系自己的灵魂。他们是这个时代的小丑，是整个社会中个体丧失灵魂、心无所属的一个缩影。麦克尤恩将深切的忧患隐藏在恋死情结的阴影下，该小说中无处不在的死亡的隐喻是对现代都市生活中精神荒芜、道德沦丧状态的绝佳讽刺。麦克尤恩借此表达了他对当今人类的爱的变异以及由此产生的后果的严重关切。

第二节　认同感的丧失：从病态依附到身份越界

人物身份问题一直是麦克尤恩小说关注的焦点，"他们总是在找寻着自我，一个新的不同的自我"（Roberts，2010：71）。小说《只爱陌生人》也不例外。在该小说中，人物的社会身份、文化身份以及性别身份均已变得不确定，而且这种身份是短暂的，"任何试图将它们固定起来的企图都是徒劳无益的"（Bauman，2004：6）。于是，自我认同成为困扰他们的一大难题。他们的自我认同感的丧失主要表现在他们的病态依附心理以及他们身份的越界这两方面。

其一，麦克尤恩主要通过刻画人物的病态依附心理来表现他们自我认同感的丧失。罗伯特的病态依附心理最为明显。他非常依赖男权思想，以至于他只能通过它来界定自己，否则，他就无法进行自我认同。他竭力向他人灌输自己的男权思想，以体现自己身份的高贵。他借助自己家庭的男权思想辉煌史向科林炫耀并灌输自己的男权思想。首先，他向科林炫耀了他的父亲和祖父的大男子主义，其次，他贬低女人，认为女人爱的还是男人身上的侵略性和力量。这一点深入她们的骨髓。最后，他就像个孩子在背诵乘法口诀表一样表达了自己的真正想法："女人的思想就是由男人塑造的。从最早的童年时期，她们看到的这个世界就是由男人塑造的。"（麦克尤恩，2012：69）他以父亲的口吻向科林灌输这些思想，意在凸显他的尊严和高贵，只有在这些男权思想的沐浴下，他才能找到自己的高贵身份。

罗伯特不仅对科林进行了男权思想的灌输，而且用男权思想对卡罗琳实施精神上的控制。罗伯特设置家庭陈列室一方面是为了缅怀过去的男权思想兴盛的时代，另一方面还是一种对卡罗琳灌输男权思想的方式。罗伯特的目的是对她进行全盘洗脑，从而达到让她在思想上时时刻刻都服从于他的目的。他不仅通过家庭陈列室向卡罗琳灌输男权思想，而且让她从阳台上时刻注视着远方的公墓岛，因为那里埋葬着他的祖父和父亲，而他们都是罗伯特崇拜的对象，因为公墓岛是男权的象征，正所谓"所有的空间都带着人类意图的印记"（哈维，2013：89）。他只有通过这样的方式，才能让自己变得有尊严和自信，才能够找到自我认同感。病态依附心理反映了罗伯特的一种自我迷失的精神状态，体现了他无法界定自己的身份的尴尬境地。他是个体化社会中一个个原子化个体的代表，反映了个体化社会的人们因无法进行自我认同导致的心理危机。

其二，麦克尤恩通过刻画人物的身份越界来表现他们的自我认同的丧失。首先，人物的共生关系模糊了他们的身份。在这座类似威尼斯的城市中，科林和玛丽的关系表面看来非常亲密，他们经常说他们当真是融为一体了，都很难想起两人原来竟是独立的个体。他们看着对方的时候就像是看着一个模糊的镜面。甚至他们在大街上走路的时候，他们踩在卵石路面上，造成很响的足音，听着像是从一双鞋踩出来的。卡罗琳后来则进一步描绘了他们的这种情形，认为他们看起来"几乎像双胞胎"（麦克尤恩，2012：80）。他们的这种共生关系模糊了他们的身份，"这种相似的肤浅表象掩盖了对于差异的危险否定，将它们固定在幻想、自恋、想象界和象征界的静止领域"（Seaboyer，1999：965）。而人与人之间的这种他异性（alterity）恰恰是界定身份的一个重要前提，"自我只有在与周围的人形成指涉关系后才能被界定"（Taylor，1985：35）。科林和玛丽的关系中的这种他异性是处于缺失状态的。由于太过于熟悉，他们宛如一个人，对方的身份在彼此的脑海中趋于消失，这让彼此位于错位的身份之中。

其次，人物的性别错位导致身份的越界。科林不仅承认自己"多次体验到阴囊和肛门之间生出的一种痛苦的空虚，几乎就是一种女性的情欲"（麦克尤恩，2012：98），而且他的异常美丽往往被描述成女性之美甚至是天使之美，"他有着精致优美的脸庞，苍白细腻的皮肤，非常精巧的耳朵、眼睛和鼻子，微微张开的小口，纤细的脖颈"（麦克尤恩，2012：65）。他的这种女性之美将他与这座城市联系了起来。该城市丰富的意蕴渗透于小说的各层叙事之中，因此它成为"小说的第五个人物"（Slay，1996：73）。这座类似威尼斯的城市充满了模糊性。其背景模糊在于它的界限的模糊（如水陆难分、东西难辨），它"像一座迷宫，内涵丰富，富有流动性，充满了异国情调，这座东方城市充满了女性之美"（Pfister & Schaff，1999：5）。城市的模糊性映衬了人物性别的模糊性（Roberts，2010：140）。科林和这座城市一样，经常被人注目，成为视觉的客体，也由于他的女性化的身份，导致了他由于身份的错位引起的自我认同困难。身份越界反映了个体化社会人们因身份的流动性而产生的不可避免的后果，它是个体的认同困难的主要原因之一，从侧面反映了个体化社会的心理危机。

《只爱陌生人》中人物的自我认同感的丧失，其根源在于传统的身份认同方式被抛弃。这就意味着"现代社会经营多年的秩序的崩溃"（Bauman，2004：6）。这一点可以从身份认同的历史中看出。在人类社会发展史上，社会关系都是基于人与人之间的亲近，社会因其是人类共存的一个整体，其边界往往是模糊的。但进入现代以来，对秩序迫切强调的现代国家不再允许社会互动的亲密关系自动再生产，而是通过民族和民族主义建构边界明确的监控体系，进而通过暴力和法律强制性地推行国家的统一认同，并排斥内部所有其他社会关系的认同。现代社会和政治的变迁史可被视为人们重新建构身份认同的历史。然而，到了全球化时代，伴随民族和国家认同的式微，所有以民族国家认同为基准而构造的社会关系认同也相应出现危机，而其他短暂的认同方式则相对频繁出现，在这些具有不确定性和变化无常的时代，短暂性相对于耐久性获得了一种"战略上的优势"（Bauman，2001：201）。在全球化的冲击下，消费选择成为所有人寻求意义和追求价值的核心，消费主义的这种主导地位使这些人物陷入不确定性的状态中，他们的自我认同感日渐消失。

个体化的另一面是"公民身份的侵蚀和瓦解"（Bauman，2000：56）。

科林、玛丽的身份和社会地位均是自由流动的，他们所有的社会关系都遭受消费主义的侵蚀而变动不居，这让他们无法有效进行自我认同。他们身体上的亲密关系很容易与精神上的亲近混淆，对于生活在流动的现代世界里的他们都是在移动中确立彼此暂时的身份，而在精神上却难以实现长期的一致性认同。认同不再是一劳永逸的，而是需要不断地获取。他们身处一个流动的现代性世界，它是一个私人化、个体化的世界，也是一个充满不确定性的世界，它往往"把人们的处境分裂开来"（Bauman，2000：139），并把不确定性常规化，于是，"所有的人都在移动着"（Bauman，2005：2）。在这里，消费主义成为认同的纽带。作为个体，他们的认同问题因具有流动性而无法被稳固创建，自我认同感的丧失由此产生。《只爱陌生人》中人物的噩梦是，他们在一个他者的世界中，"遭到根除，没有身份，形影相吊，漂泊不定"（Nash，1989：128-129）。

麦克尤恩在此解构了传统社会中的稳定的身份认同和相对固定的人际关系，不过，他似乎又强调，个体化社会中的人际交往也具有它的优势的一面，即个体可以在陌生人面前自由展示自己。科林、玛丽与罗伯特夫妇的交往就是一例。该小说表明，在个体化社会，人们的自我选择和自我塑造几乎不受任何限制。个体化社会充满了不确定性和无限可能性，人们在其中可以按照自己的意愿与他人进行自由交流。人们可以超越地域的限制，与陌生人进行自由交流。个体可以根据自己的喜好，在自己的能力所及范围内进行自由选择和身份塑造，以及自我呈现与表演。这是因为，个体化社会的人际交往非常类似于西美尔所说的"没有离开，但也没有放弃来去的自由"的陌生人关系。

第三节　归属感的丧失：从现实的观光客到精神的流浪者

归属感指的是一个人感觉被别人或被团体认可与接纳时的一种感受。由于每个人都害怕孤独，他总是希望自己归属于某一个或多个群体，这样就能让自己心有所属，并获得一种安全感。可见，归属感对于一个人的重要性。麦克尤恩通过表现《只爱陌生人》中人物的归属感的丧失，来刻画个体化社会中人的心理危机。这种归属感的丧失主要体现在两方面：第一，人物作为城市的观光客，生活漫无目的。第二，他们不仅是城市的观光客，而且是精神上的流浪者。

科林和玛丽作为城市的观光客，他们的旅行者身份本身就是流动的，他们往往处于身份的过渡状态，这让他们失去了归属感。有学者认为，"旅行往往涉及现实中人们的不同身份和地位的混合，旅行者的匿名性往往允许他们在社会中改头换面和身份试验行为的存在"（Pfister，1999：184）。科林和玛丽的身份对于读者来说不仅是陌生的，而且是变动不居的。读者只是知道玛丽曾在职员全为女性的戏团工作过，但现在失业了。科林曾有过歌手生涯，但失败了，现在在尝试着当演员。当他们来到这座城市以后，他们像梦游者一样徘徊于这座城市（Roberts，2010：140），并处于身份的真空当中。他们身处这座陌生的城市当中，彼此陷入亲密关系的死胡同，找不到方向，无法改进也无法解脱，就连他们的性爱也缺乏一种结构："他们的做爱没有明确的开头或终结，结果经常是沉入睡眠或者还没结束就睡着了。"（麦克尤恩，2012：12）他们被一种无法控制的力量所操纵，犹如那家商店橱窗里呆板的人体模特一样，漫无目的地行走于夜晚的街道。而且，他们也不能真正领略旅行的意义，他们无法融入这座城市当中，始终处于一种迷路的状态。在这种情况下，他们的身份处于被瓦解的状态。这座类似威尼斯的城市充满流动性，麦克尤恩又赋予人物以旅行者身份，他们漫无目的地游荡于这座城市，时间无明显标识，他们在这座城市的情形犹如鲍曼所说的后现代的观光客。因此，《只爱陌生人》这部小说就是一个巨大的隐喻，一个描述个体化社会中的个体境遇的隐喻，个体就是一个个漫无目的、没有明确生活导向的原子。

而且，人物对于城市的不可理解性从侧面映衬了他们的归属感的丧失。他们的这种状态与他们在这座城市的心理状态形成了一种映射，"该小说迷宫似的城市背景是主人公的混乱的心理状态的投射"（Wells，2009：34）。首先，他们在这个迷宫似的城市中持续迷路，即使手中拿着地图也很难弄清楚这座城市的地理方位。这意味着他们失去了精神指引（Roberts，2010：35）。"他们会花上一个来小时的时间来来回回绕圈子，参照着太阳的位置，发现自己从一个意想不到的方向接近了一个熟悉的路标，结果仍旧找不着北。"（麦克尤恩，2012：6）"来来回回绕圈子"体现了他们的生活的漫无目的，隐喻着他们的生活轨迹。他们的生活由于缺乏精神指引，他们在人生的道路上来来回回地绕圈子，总是不停地走回头路，这反映了他们归属感的缺失。其次，他们对于城市的诡秘印象反映了他们是这座城市的边缘群体，进而映衬了他们的归属感的丧失。摊主模糊不清的面目、他们找水喝的辛苦与无奈、侍应生的极端冷漠以及经常花费很多个钟点去寻找理想的餐馆或同一家餐馆等事实均表明，他们对这座城市一无所知，城市对他们来说体现了一种不可理解性。城市中的每一个事物都变得那么偶然、含混不清和误导人。他们不理解宾馆外面的驳船为何上午消失，而又在下午突然出现。宾馆里的女服务员他们几乎没看见过，是一个神秘的形象，她的动作具有魔术性质，带有鬼魅的色彩。城市地图设计肤浅，似乎是有意误导游客。昏暗的书报亭的主人表情怪异，甚至男女难辨。科林和玛丽不仅听不懂当地的语言，甚至听不懂孩子们的吟唱，不知道他们唱的是宗教歌曲还是算术表。人们摇头既表示肯定也表示否定，日常生活的声音是一种隐秘的、未知生活的产物（Wells，2009：26）。更为糟糕的是，他们在这座城市的唯一熟人罗伯特的行踪亦非常诡秘。他对科林有何企图？他让玛丽看那张照片有何用意？科林和玛丽离开罗伯特公寓时听到的那种声响是一记耳光还是物体掉落的声音？从隔壁房间传来的喃喃低语和电灯开关的声音，以及那神秘的脚步声等，无不反映了他们不属于这座城市这一事实，进而反映了他们的归属感的丧失。再次，这种不可理解性也关涉科林和玛丽。他们不清楚为什么会朝彼此发脾气；科林被罗伯特打了一拳后，居然还待在罗伯特家里；后来，科林甚至听不懂玛丽的警告，径自睡着了。即使科林在即将被杀害的时候，他也是静静站着，不加反抗，不能完全理解罗伯特夫妇的意图。这座城市的整体印象通过玛丽和科林的视觉、听觉和嗅觉被展现出来，它隐约表达了一种恐惧和邪恶，预示着他们的不测，并在城市的各种时尚的表象中体现出来。城市的不可理解性反映并证实了他们的意识和情感的错位，也映衬了他们生活的无目的性（Möller，2011：137）。城市的这种不可理解性严重削弱了科林和玛丽的归属感。

人物归属感的丧失还体现在罗伯特夫妇沉溺于传统这一点上。罗伯特和卡罗琳的身上背负着传统的负担。在小说中，他们各自都对自己的过去进行了叙述，明显被过去所纠缠。罗伯特的家庭陈列室是一座关于过去的纪念碑，无时无刻不在提醒人们它是传统的象征。他向科林讲述着陈列室的起源和历史。不仅如此，从他的公寓可以看到埋葬着他父亲和祖父的公墓岛，这反映了他与过去有着无法割舍的联系。罗伯特的不育症，不仅是肉体上的，而且是他精神上的绝育。它一方面象征着他的男权思想的寿终正寝，另一方面也象征着他的归属感的丧失，即精神上没有寄托，心无所属。卡罗琳的受伤的背象征着她一直背负着过去的印记（Möller，2011：138），由于她身体活动受限，不能自由出入，每天在阳台上进行一些刺绣等手工活动打发时间，而阳台则正对着公墓岛，再加之家中的陈列室，所以她时刻都生活在对过去的回忆当中。在他们的脑海中，记住过去就是记住了一些确定性的东西，如身份、地位、职业等，进而让自己有所归属。然而，他们的这种归属是海市蜃楼，经不起个体化社会中的不确定性的考验。他们就是生活于传统中的观光客，因为传统代表的是过去。在过去，上帝存在，理性是人之存在的确证，自由是对必然性的认识，对传统的沉溺意味着对理性世界的一种追忆，然而，随着个体化时代的到来，上帝已死，理性被非理性所取代，个体性、偶然性和可能性支配着社会前进的方向。在这样一个偶然性占据主导地位的非理性社会，对传统的追忆意味着对个体现实身份的遗忘，这种遗忘机制就是一种个人归属感的丧失。

究其原因，这是由于全球资本的流动性腐蚀和瓦解了现代社会建构的秩序基石，科林、玛丽以及罗伯特夫妇脱离了传统纽带而以个人的方式来解决他们自己的问题，这使他们失去了稳定秩序的安全保障。资本的全球化让他们进入到一种以不确定性为特征的个体化社会。矛盾性和不确定性是他们生活的本质，而且他们的境遇并不遵从社会、政治、经济之间的严格意义上的分界。这是由于传统和现代意义上的认同载体和方式在资本全球化的冲击下已经分崩离析，而新的归属和认同还未形成所致。如同早期流浪的人们重新找到归属感和安全感，从而实现欧洲最早进入近代社会的转型一样，当前的全球化时代正处于历史的新一轮过渡期。"人之间团结的纽带断裂已经导致社会中出现没有纽带的人，而这种人就是我们流动的现代社会中的居民。"（Bauman，2003：7）如果说人类在稳固的现代性条件下被看成是"没有个性的人"，那么在流动的现代性条件下的玛丽、科林以及罗伯特夫妇则变成了"没有联系的人"（Bauman，2004：62）。

《只爱陌生人》中人物归属感的丧失与西方思想中形而上学观念的终结有着内在的关联。在近代哲学中，亚里士多德提出的形而上学基本构想在黑格尔那里则得到了发扬光大。同时，"实体"也从亚里士多德的范畴体系中"独立"出来，成为了形而上学的主要对象。而黑格尔将实体称为"绝对"，他的"实体即主体"、"绝对即精神"意味着他对事物普遍性和本质的强调。既然人类精神的认识活动具有本体论的意义，那么认识论与本体论就是同一的。而且，由于认识活动与实体运动都具有辩证法的结构，辩证法与认识论和本体论也是同一的。将这些方面综合起来，就会发现，其实它们都是对绝对的认识，它们构成了对绝对之整体的完全的把握。黑格尔哲学就是这种无所不包的"大全"。形而上学发展到了黑格尔，真正实现了它的完美，达到了它的最高理想，但同时也意味着形而上学的终结。作为形而上学批判的杰出代表，康德认为，形而上学是由于人类理性要求超越自身有限性而不可避免地产生的"先验幻象"，亦即将"理想的统一性"错误地当作"现实的统一性"所陷入的困境（张志伟，2004：34）。康德的解决方法就是限制知识，为道德、信仰和自由留下地盘。而尼采的一句"上帝死了"则主动将上帝从道德领域"杀"死，这意味着承载着基督教及基督教文化的根基没有了，其中就包括形而上学的终结。而形而上学的终结，意味着人们的世界观、价值观遭到了前所未有的颠覆，意味着人们的世界观的巨大转变，人们在心理上遭受了巨大的冲击。失去信仰的人们变得敏感、不安、浮躁，总是想急切地投身于纷繁的世俗生活中来麻痹自己内心的不安，松弛内在的精神紧张。《只爱陌生人》中的科林、玛丽像幽灵一样游逛于城市当中，罗伯特夫妇则以过去的幻象作为自己的精神依托，显得荒诞而幼稚。他们既没有道德信仰，也没有宗教皈依，在西方形而上学观念终结之后，他们就是因为人类信仰丧失而失去归属感的一个缩影。

而这种归属感的丧失还源自人类文化模式的变迁。在个体化社会，人类的文化模式已从世界—规律—必然—历史的古典文化模式转变为自我—个别—偶然—可能的现代文化模式（张法，2010：147）。古典的世界是具有统一性的世界，自我是世界的一个组成部分，是一个小宇宙，它与世界这个大宇宙和谐共存。而在个体化社会，世界、规律、必然、历史被贬斥、拒绝，就不再对自我、个别、偶然、可能性起统治和牵制作用，而且后者进行了自我的重组。在这种重组之后，人获得了所谓的自由，一种没有了上帝的自由，但同时也产生了一种弥漫整个现代西方社会的感受——荒诞。于是，自由与荒诞成为一个硬币的两面。该小说中的人物的处境就体现了个体化社会的这种自由与荒诞。科林、玛丽是个体化社会的观光客，而罗伯特夫妇则是过去的自由守护者，他们是自由的，但他们的行为又是如此的荒诞。科林、玛丽像幽灵一样徘徊于这座城市，罗伯特夫妇则过着醉生梦死的生活。麦克尤恩通过揭示人物对于生活的迷茫，表达了他对个体化社会中个体的心理状态的深度关切和忧虑，并借助该小说向社会发出自己的呐喊。

总而言之，《只爱陌生人》中人物的生活犹如时间中的旅行，他们不能也不愿意事先决定他们要访问的目的地以及其中站点的顺序。他们能确定的是他们将不停地流动，他们永远没有人生的最终目的地。他们不能在任何地方扎根固定下来，也不会与其他人有密切的联系。他们可能做的是在人生的每个站点稍作停留，对他们来说，只有从中获得满足才是有意义的事。科林和玛丽对未来从未有过打算，他们只是从放纵的性爱中获得满足，而罗伯特和卡罗琳亦是从性施虐—受虐中得到满足。而且，科林被谋杀后，罗伯特和卡罗琳沉溺于对于科林的暴力的性狂欢，这反映了他们纵欲的特质，目的是为了获得一种当下的满足，这体现了个体化社会的生活特征。当这种满足感消失或别处对他们有吸引力时，他们会再次移动。麦克尤恩赋予了科林和玛丽以观光客的身份，因为他们在度假，他们的国籍、语言、家庭等身份信息被抹除，他们避免了固定地域空间的认同，也没有采用固定的生活方式，流动成为他们生活的一部分。玛丽最后一次看完科林后，又回到了宾馆，这意味着她又要开始下一站的旅行。不仅如此，麦克尤恩还赋予了犯罪后的罗伯特和卡罗琳以观光客的身份，他们"预定航班并持合法的护照旅行"（麦克尤恩，2012：162），这意味着他们的生活步入了人生旅途的下一站。麦克尤恩赋予人物以观光客的身份，实则是一种隐喻。它隐喻着个体化社会中人们的生活犹如旅行，漫无目的，他们虽是现实中的观光客，却是精神上的流浪者。麦克尤恩在此表达了他对个体化社会中的个体的归属感丧失的深切关注，意在激发人们对于自身命运的思考。

鲍曼指出："在我们这个蔓延个体化的世界里，关系是一种复杂的赐福。"（Bauman，2003：8）其复杂性就在于，各种关系在美梦和梦魇之间游荡，两种境况同时存在。因此，在一个流动的现代生活背景中，关系可能是矛盾性最普通也最尖锐的具体化。这就是《只爱陌生人》中人物的生存处境，他们在各种关系中驰骋游荡，短暂性和不确定性是这种关系的特质。这种关系对他们的心理产生了潜移默化的作用。他们虽然身处高度自由的个体化社会，但他们又是不自由的，因为绝对的自由亦是一种奴役，"自由本身只是一个空洞的形式，这种形式只能在其他生活内容的发展中变得卓有成效、生机勃勃、富有价值"（西美尔，2002：13）。他们表面上看似拥有绝对的自由，实际上他们拥有的只不过是一种消极的自由。这正如弗洛姆所指出的，"人的自由增长过程与个人的成长过程一样具有辩证特征。一方面，它是一个力量不断增强，人日趋完善，对自然的支配越来越得心应手的过程，是理性能力，与他人的联系日益紧密的过程；另一方面，这个日益加剧的个体化进程又意味着孤独感和不安全感日益增加，也意味着个人对自己在宇宙中地位，对生命的怀疑增大，个人的无能为力感和微不足道感也日益加深"（Fromm，1941：24）。他们虽然摆脱了自然的束缚，获得了自由，却同时也让自己成为孤独无助而又迷茫的个体。"个人发现自己在消极意义上是自由的，也就是说，独自一人面对一个被异化了的敌对世界。"（Fromm，1941：108）他们从自然中解放出来，还只是属于消极的自由，由于他们没有在社会中建立起与他人的稳定联系，他们产生了对于不确定性的焦虑。在这种情况下，他们的心理不断地发生变化。

的确，20 世纪是心理危机的时代。两次世界大战让人们在身体与心理方面都遭受了重创，人们长期生活在这种阴影之下。到了全球化时期，人们的精神创伤尚未完全治愈，对于不确定性的焦虑又一次给人们的心理以巨大的冲击。麦克尤恩通过《只爱陌生人》这部小说揭示了当代人处于不确定性当中所产生的各种心理危机。作为个体，他们深受不确定性导致的各种心理折磨，体现了个体化社会中人们面临着的新的心理困境。同时，该小说充分展示了当代人的各种心理话语，揭示了导致心理危机的各种诱因。因此，将它定义为一幅个体化社会心理危机的全景图也不为过。心理描写在麦克尤恩的早期创作中占有很大的比重，作为其中的心理小说佳作之一，《只爱陌生人》对于揭示当代人的情感与心理危机具有重大的意义。麦克尤恩描写了这样一类心理扭曲的人，"他们不属于任何社会，他们的双手沾满血迹与滑腻的青苔"（Slay，1996：7）。其目的就是希望人们被震惊，震惊于"他们自己的幻想和沉迷"（Roberts，2010：24）。

第三章 《时间中的孩子》：个体化的政治危机

在前面一章，我们分析了麦克尤恩的小说《只爱陌生人》所展示的个体化时代的心理危机，这种个体化的心理危机包括三个方面：第一，在个体化社会，情感的萎缩导致人与人之间的真爱被置换为一种纯粹关系，甚至让人产生了恋死情结。第二，自我认同感的衰退导致了人物产生一种对于他人或他物的病态依附心理，同时导致了他们的身份越界。第三，归属感的丧失让个体化社会的观光客们变成了精神上的流浪者。自 20 世纪 80 年代中期开始，麦克尤恩更加关注小说中的政治因素，并将敏锐的触角伸向个体化时代所面临的政治危机。在本章，我们将以《时间中的孩子》为例，进一步探讨麦克尤恩对个体化时代政治危机的书写。

《时间中的孩子》是麦克尤恩于 1987 年出版的一部小说。该小说与其之前的小说相比，在主题上具有很大的不同，是其创作生涯的转折点。麦克尤恩早期小说中的时间、地点往往不明确，在小说《时间中的孩子》中，他"写了一部关于时间自身的小说"（Roberts，2010：165）。麦克尤恩认为，"时间是意识自身的最好印记。我们回忆在多大程度上成为现实，感觉在多大程度上被意志扭曲"（Roberts，2010：113）。时间不仅是时刻的连续，实际上是可以改变的维度。而且，《时间中的孩子》具有精致的时间结构，"小说的九个章节展现的是一个孕育过程"（Roberts，2010：80-81）。然而，该小说不仅是关于时间的小说，也是一部关于政治的小说。在这部作品中，国家政治进程多变，与个人生活同步，并深刻影响了后者。某评论家指出，该小说"呈现了公共生活和历史"（Malcolm，2002：101），而这明显与政治密切相关。

传统政治危机是指一个国家政权的统治者无法照旧统治下去，民众无法照旧生活下去的统治危机，范围往往局限于一个国家之内；与传统政治危机不同，"个体化的政治危机"主要指的是，在个体化社会，由于时间观念发生了根本性的改变，"瞬时"成了个体化社会最受人珍视的价值，而持久性、永恒性观念遭到抛弃，这极大地改变了人们参与集体事务的方式，集体精神迅速衰落，进而也影响了人们的政治观念。在政治方面，选民替代了公民，他们只关注于他们自己的私人事务。政治取消了公民之间的辩论与协商，选民在选举时只会考虑自己的利益，政党在竞选时也仅是维护政党自身的利益。选民与政党均没有对"公共善"加以倡导。全球自由市场已成为现实。这种自由市场会直接导致社会崩溃，它削弱了维系社会凝聚力的政治制度。个体化社会中被视为"公共空间"的场所都是为了消费。消费者的自由首先是把对人类自由的渴望从公共事务以及对集体生活的管理中转移开来（Bauman，1993：395）。个体循环往复于劳动和消费之间，直到死亡。公民被转换为只知消费的个体，在公共领域，经济真正实现了对政治的替代。全球化意味着权力与政治的分道扬镳。资本和劳动力的分离所带来的直接后果是以资本形式呈现的权力从政治活动中解放出来。真正的权力突破了地域限制，四处流动，而政治仍局限于民族国家的框架中。于是，权力便从政治中分离开来，政治的功能被架空。于是，个体化社会的政治成为一种全新的游戏，其结果极难预测（Bauman，1993：419）。

在这样的社会中，民族国家失去了往昔的权力。凭借文化，它才有了合法性与身份感。但全球市场和新技术不断改变着文化，国家的合法性与身份感也就发生了变异，并逐渐消失。在全球化时期，民族国家通过宏观经济调节政策对国内经济实施监控的作用降低了，或者说边缘化了（格雷，2002：82）。民族国家功能的衰竭不是因为民族国家被纳入超级大国，而是因为民族国家被分解成更小的、更具实效性的个体，正像那些大公司一样(Naisbitt，1995：40)。主权国家能够对公司实施的影响力必须在一种全球环境中才能实施，在这种环境中，很多影响它们的竞争压力把政府对经济的控制限制在一个狭窄的范围内(格雷，2002：82)。小说《时间中的孩子》充分反映了个体化社会中政治功能的有限性，或者更为准确地说，辛辣地讽刺了这一时期英国政府的无效与无能。

马尔科姆认为，《时间中的孩子》是"麦克尤恩小说创作中的分水岭"(Malcolm，2002：90)。从该小说中我们可以看出，麦克尤恩对私人生活和公共生活的十字路口感兴趣(Childs，2005：60)。斯蒂芬的个人危机与社会危机形成了对比。在该小说中，麦克尤恩一反早期小说中的封闭背景(早期小说家庭成员的姓名中姓的缺失以及地点无名称等特征)，将该小说的背景设置于将来，直指20世纪80年代中期的英国，即撒切尔执政的巅峰期。于是，首相想要振兴英国的雄心显而易见。它与马丁·艾米斯的《伦敦场地》具有相似之处，后者的背景为撒切尔执政后期处于快速堕落的伦敦，充斥着核疯狂与环境恶化，英国社会面临着全然的毁灭。而麦克尤恩在《时间中的孩子》中同样通过描写核威胁与反常的天气来揭示英国社会的异化状况。纵观这两部作品，它们都反映了个体化社会的各种危机，尤其以政治危机最为突出。麦克尤恩在作品中注入了更多的政治因素，而公共政策与政治权力问题贯穿小说的始终：小说的开头就描绘了公共政策在当代对社会领域的影响，小说中公共交通的瘫痪是这种影响的一种隐喻。

小说《时间中的孩子》的情节并不复杂，主要讲述了两个家庭的故事：主人公斯蒂芬·刘易斯是一位儿童畅销书作家，由于他的女儿在三岁的时候被拐走，他和妻子朱莉深受此事打击并试图从此不幸当中恢复过来。他的朋友查尔斯·达克是一位政府要员，但突然有一天与妻子特尔玛隐居乡间，其举止怪异得像个孩子，后来由于精神失常、崩溃而自杀。在故事结尾，斯蒂芬和妻子重归于好，并重新获得了一个孩子。于是，故事以相对圆满的结局收尾。该小说的叙事结构比之前的呈线性叙事结构的小说更加复杂。小说的前三分之一的篇幅充满了不同时间的叙事，大部分是斯蒂芬坐在育儿委员会会议室中对往事的回忆，而通过这些往事，小说的其余部分得以在叙事上形成连贯。小说以这种多时空、多角度的叙事方式描绘个人命运与社会事件是怎样碰撞的，反映了该小说中人物与政治的复杂关系，进而揭示了个体化社会中政治的异化现象。这种异化政治让资本主义政府在许多方面无法作为，其中的个体亦遭受身心的摧残，致使自我出现分裂。由于晚期资本主义政府"以谎言代替真理"（沃尔夫，2005：398），在一些问题上弄虚作假，同时还由于权力的异化，使得权力被滥用，导致了资本主义政府权威的丧失，政治出现了合法性危机。此外，这一时期政治在一定程度上被经济所替代，导致去政治化危机。本章将从上述三个方面来探讨这部小说的个体化的政治危机主题。

第一节 政治与个体需求的背离

《时间中的孩子》的主题之一是关于童年的本质以及孩子的福利的探讨，爱让孩子与成人重新结合，并让男性、女性和孩子获得新生，但该小说更是一部政治小说，它探讨了异化政治对个体的摧残这一现象。这种童年与政治的复杂而矛盾的关系充分体现于雄心勃勃的政客达克的身上。麦克尤恩在该小说中通过刻画达克的可悲形象向读者表明，个体化社会中个体与政治之间的和谐状态已被打破，并对个体造成了巨大伤害。沃尔夫认为，"统治精英的精神分裂特征最明显地体现在那些选举产生的官员身上，因为他们与异化的政治进程关系最为密切"（沃尔夫，2005：450）。的确如此，作为政府要员之一的达克在异化政治的压迫下，他的社会自我与真正的自我之间出现了失调。于是，他始终生活在两个世界当中：一个是公共生活的世界，另一个是他自己的儿童世界。他在公共场合表现的是一个成熟而善于雄辩的政治家形象。他在外表上刻意打扮，在言辞上虚张声势，在行为上故意摆出政治家的姿态，给人留下了一个彻头彻尾的伪君子形象。不仅如此，面对首相的宠爱(尤其指性方面的宠爱)和诱惑(指官位的诱惑)，他竭力去迎合。尽管他反感，但是他为权力所诱惑，不得不与首相调情。他尽管没有当过父亲，但是成为父权的象征，因为他违心地为政府撰写缺乏爱心的育儿手册，成为推动主体童年本质异化的同谋。另一方面，他又有回到本真自我状态的诉求。在此，他表现出了孩子气的一面。当斯蒂芬去看望隐退后的达克时，他看到的是另外一幅景象："一个男孩从树后走了出来，站在那儿，看着。苍白的脸，淡茶色头发，神情十分自信，甚至带着熟悉的自负。他穿着老式的服装——一件灰色短裤，系着一条带条纹的松紧皮带，皮带扣是银色蛇形图案，口袋鼓胀着，一只手露在外面，膝盖上结了疤，还有纵横的血痕。他前面的头发长成了刘海，耳朵后面的头发却剪短了。他粗放不羁的态度，快速的语流和专注的眼神，身子随心所欲地左右摇晃。他完全不顾成人彼此问候的客套和礼节，所有这些，才是让他看上去像十岁男孩的原因。"（麦克尤恩，2003：101-102）在此，达克从政治家完全转变为一个青春前期儿童，达克的不修边幅的清纯男孩形象与他作为政治家的成熟而伟大的形象形成了巨大的反差。十岁男孩形象是达克的自我的原始表征，而成熟的政客则是他所谓的"文明"的自我形象。而且，作为《权威育儿手册》的撰写者，他试图通过进入童年宁静而又安全的世界来逃避成人世界的混乱以及政治上的压力，想从这个严酷的世界逃离到孩童的天真世界，这无疑是一种极端的讽刺。"达克的返童意味着一种逃避，一种从政治压力下解脱出来的自由"（舒奇志，2008：26），一种从当代社会的混乱状态中脱身的自由。作为政治世界中异化的主体，他一方面对政治雄心勃勃，另一方面却又丝毫没有自信。

由于要扮演国家与社会的中间人的角色，达克在某种意义上说是被困在两种矛盾的期待之间无所作为。他陷入了进退两难的境地："如果回伦敦，回到以往的生活中，经验告诉他，旧的向往和冲动又会把他拉下去，他又会想要现在他为自己创造的简单而安全的生活。但如果他呆在这里，他又会苦恼一辈子，因为他和他所谓的真实世界越来越疏远。"（麦克尤恩，2003：196）这意味着，如果他认同国家，改造自己，那么他会丧失真正的自我；而如果他保持了自己的特征，那么他就是在国家层次上将自己与政权割裂开来。首相写给他的敦促他返回工作岗位的信不时地提醒他要承担起成人的责任与义务，这让他最终屈服于成人世界，造成他的精神崩溃，并最终导致他的自杀身亡。由此可以看出，"查尔斯·达克是政治世界的典型人物，他被掌权者们疯狂和非伦理的举动逼迫致疯"（Wells，2009：42）。在异化政治的影响下，达克"患上了一种政治精神分裂症"（沃尔夫，2005：422）。达克的第二童年是做作的和自欺欺人的，由于异化政治的压迫，他在内心没有成功地将儿童与成人世界很好地结合在一起。因此，他的死亡是在意料之中的。

达克这一人物形象是个体化社会中个体命运的一个缩影，其原因在于，个体化社会的异化政治背离了个体的需求，这导致个体的社会自我与真正的自我之间存在冲突，让个体的精神发生分裂，最终摧残并毁灭了个体。这种结果已经迥异于政治的初衷。在人类社会之初，政治的发明是为了维持个体自由与安全动态平衡的秩序和规则，这种秩序和规则是个体通过在作为公共空间的政治中不断沟通、协商达成共识。因此，古代政治的最大贡献是，政治实现了作为维系公民自由与安全的秩序与作为公民自由言说并达成共识的公共活动之间的统一，实现了手段与目的的统一，平衡了人的欲望、激情与理性，也平衡了人的欲求和社会秩序之间的紧张关系。然而，由于人类文明的发展遵从了个体化逻辑，个体不断具有实现自身价值的需求，这就不断地破坏秩序维系的平衡。到了个体化社会，政治秩序已不再与个体生存状态相适应，政治与个体之间的和谐统一被完全打破。小说《时间中的孩子》就呈现出政治背离个体需求这一危机，因而与个体化社会政治的异化存在明显的共振。在该小说中，政治不仅抹煞了其本身手段与目的的二分，使政治纯粹成为追求秩序的工具，而且撕裂了经验与规范层面相统一的个体。达克就是这种个体与政治之间分裂的典型的例子。他不再能够从政治诉求中谋求幸福，也不再能够从政治中见出自身的伟大。这与古代的个人与政治之间的和谐关系形成明显的反差。在古代，个人与政治紧密相连，恰如亚里士多德所说，"人是天生的政治动物"。可见，在那个时期，个人与政治具有紧密的内在关联性。而在该小说中，个人一方面不再具有其独特的内在价值，另一方面又不再与群体事物相互交织，这样，政治就不能保证个体的生存和延续。达克的死亡就是明显的例子。个体与政治之间的和谐状态已荡然无存，政治本身成为一种手段，发生了异化。有评论家认为，当达克爬向小屋时，只有"头露在平台上"（麦克尤恩，2003：109），这一情景是"达克回归子宫的表现"（Childs，2005：67）。其实不然，这是达克在政治这个庞然大物面前显得十分卑微的一个隐喻，因为他受到异化政治的摧残，他躲进小屋象征着他逃避政治的压迫。个体化社会的政治像一把双刃剑，在其制度实施的过程中，会对个体产生毁灭效应，麦克尤恩在该小说中意在揭露和批判资本主义制度的腐朽本质。

达克的悲惨境遇与个体化时代公民沦落为个体密切相关。公民本是一个倾向于通过城邦的整体福祉来寻求自己幸福的人，他们有能力在公共空间把引起私人焦虑和恐慌的问题转化成集体共同关注的问题，并及时采取应对风险和危机的合理策略。然而，在个体化社会，"解放人们可能会使他们变得自私自利，而对公共利益漠不关心"（托克维尔，1997：632）。个体对"公共事业""普遍的善"等主题倾向于冷漠怀疑。"人人为己，团结无益"潜移默化地成为毋庸置疑的训诫和谨慎有效的生存哲学（Bauman，2005b：126）。这是由于个体是公民最可怕的敌人，个体化更是对公民身份的侵蚀和瓦解，它破坏以公民资格为基础的政治生活。公民在早期资本主义社会曾是构建共和政体的主要资源，但此时却变得无所作为，几乎彻底退出了政治舞台；其结果不是公众观念的混淆，而是公众观念的缺失。没有了公众，政府就失去了意义。理查德·塞内特的"公共人的凋零"的观点非常贴切地描述了个体性的张扬对公民意识和精神的削弱这一现象。他指出，公共生活是一种有规则的游戏，而更为关键的是，它可以延续共享的情感。舍弃这种公共生活将使人们在精神上的距离日愈扩大，并难以形成有效的团结。这就破坏了社会自主与个体自主，也瓦解了二者间的互动循环。"宣扬和赞美个体性胜利的影响在实践中等同于逃避个体性的痛苦和折磨、挑战和机会。"（Bauman & Tester，2001：125-126）政治既不能作为规则维护个体的生存空间，也不能成为一种作为集体行动的公共空间为个体服务。作为个体的达克凭自身的能力很难成为古典意义上的公民。他的焦虑和不确定性无法通过公共的渠道和场域汇集成公共生活的议题，而所谓的"公共问题"都只是"公众人物的私人问题"（Bauman，2003b：110）。

达克事件还说明，在个体化社会，个体与公共问题之间发生了脱节，这意味着公共领域与私人领域之间的沟通存在障碍，它源自共通感的消亡。共通感（sensus communis）是阿伦特在对康德的《判断力批判》进行阐释后提出的。"人们征求别人的赞同，因为人们对此有一个共同的根据。"（康德，2002：74）这并不是说每个人都会与我们的判断共同一致，而是说每个人应当与此协调一致。阿伦特认为，"判断所求诸共同感是可能的，所以判断才具有了特别的有效性"（阿伦特，2013：109）。人们看似私人化的认知，其实正好是基于这种"共同体感觉"（共通感）。换言之，共通感是人们对这个世界的共同感觉。个体通过与他人交流，可以摆脱自己的主观立场，进行客观地判断，从而排除了主观的狭隘性。因此，共通感是确保判断有效性的重要基石。不仅如此，阿伦特还认为，共通感同政治历来具有紧密联系。在古罗马时代，共通感被作为解决政治事务的至上标准。共通感的培养在于回忆过去，"共通感在同传统融合的过程中得到了培养"（Arendt，2005：41-42）。然而，自民族国家产生以来，对财富的无限追求削弱了公共空间中的积极行动。孤独的人由此产生，人与世界产生了疏离，这意味着习俗和传统的崩溃。

在该小说中，政治的传统价值失效，无法赋予现实以意义，于是共通感就消亡了，而共通感的消亡直接意味着人们的行动、思考与判断的危机。由于凝聚了传统和习俗的共通感消失了，政治领域的公共空间就会衰落，甚至消失，政治的功能就会与个体的需求相背离。在该小说中，共通感的消亡导致了政治上判断的失误，体现为生活于其中的个体受到摧残和压迫。这表明，只要作为公共空间以及相关公共生活的政治出现萎缩，个体就不可能转换成具有公共美德和参与公共活动的公民。而只要个体不能转化为公民，他在政治上就难以表达自己的诉求，政治也就不能满足他的需要，他甚至会沦为政治的牺牲品。麦克尤恩在此解构了古典政治与个体的和谐关系，并与历史形成了对话，同时揭露了个体化社会的政治对个体的毁灭效应，他借此表达了自己对个体化社会的政治背离个体需求并摧残个体的强烈不满，小说因而具有浓厚的现实批判色彩。

第二节　政治的合法性危机

合法性危机是晚期资本主义社会政治系统的"投入"危机，它指的是在贯彻由经济体系所产生的那些指导资本主义制度发展的各项原则时，资本主义国家已经没有办法继续维持它所不可缺少的来自群众的"忠心"，这就是说，晚期资本主义国家存在的合法性无法获得人民群众的认可。国家难以成功地获得群众的支持和忠诚，使群众对国家干预权力的合法性发生怀疑，导致合法性危机。麦克尤恩在《时间中的孩子》中通过揭露政府的信任危机来反映政治的合法性危机。鲍克说："信任是需要保护的社会利益，就像我们需要保护我们呼吸的空气或喝的水一样。当它被破坏时，整体的连续性就会受损害；当它被摧毁时，社会就会不稳固和崩溃。"（Bok，1979：281）由此可见信任的重要性。而该小说中的信任危机突出地表现在育儿手册的制作过程中。在作品的开头，我们看到政府成立了一个育儿委员会专门讨论育儿手册的内容，而且该委员会由 14 个小组组成，队伍庞大，经过多次开会讨论，他们最终向上级提交了一份报告。"大多数委员都觉得自己完成了职责，写出了一份语调审慎、立场权威的报告。报纸也称赞主席上交的报告集多数人的观点于一体，态度公允。"（麦克尤恩，2003：150）然而，后来读者得知，这种做法完全是虚晃一招，因为《权威育儿手册》早已由政府要员达克书写完毕，这说明育儿委员会成员的工作是毫无意义的，育儿委员会这一机构只是个摆设而已。这说明"随着政治方案的枯竭，行政官员们陷入了他们自设的符号陷阱，日益远离整个社会的需要和利益"（沃尔夫，2005：393）。更有甚者，尽管政府知道育儿手册违背了父母和孩子的意志，但为了自己的利益，仍然大肆宣扬该育儿手册。在此，官员们相信他们自己制造的幻象，最终把那些他们起初也认为是错误的东西当作正确的接受下来。受锢于自己的谎言，他们的管理能力也因此削弱，直至如今他们几乎出于本能地掩藏真相。他们"就像顽固不化的罪犯一样，把撒谎当成家常便饭，以至于他们的真诚能骗过最好的测谎仪"（沃尔夫，2005：396）。更具讽刺意味的是，写《权威育儿手册》的人（达克）想从这个严酷的世界逃离到孩童的天真世界，并且坦白承认，"其实成人小说和儿童小说的区别本身就是虚假的。完全是假的，纯粹是为了方便。事实肯定是这样：最伟大的作家都有儿童般的想象力和简单明了的叙述方式——不管表达多么复杂——这使那些成年天才们同婴幼儿连在一起。反过来说，那些最伟大的所谓的儿童书，一定是既针对成人又面向孩子，是为孩子心中早期的成人，以及成人心中被遗忘的孩子写的"（麦克尤恩，2003：25）。达克的话表明，一个人既要有成熟的一面，也要有童真的一面，只有将二者结合，才能成为一个完美的人。在他看来，成人和孩子一样，在内心也具有童真的一面，这也从另一个角度反映了他撰写的《权威育儿手册》的虚假性质，表明了他在写作时违背自己的心愿，言不由衷地写下了那些严厉的、不顾儿童实际情况的、没有爱心的话语。作为政府官员的他，在育儿手册撰写问题上弄虚作假，并以《权威育儿手册》作为儿童教育的标准，这反映了政府不诚信的一面。

而《权威育儿手册》的虚伪性在斯蒂芬的父亲那里得到了印证，"他们总是索取一切能得到的东西。你斯蒂芬在那儿是浪费时间。这份报告早就秘密地写好了，这件事整个儿不过是堆垃圾。照我看来，这些委员会全是花招。某某教授、某某勋爵！那是为了让人们看报告的时候信以为真，大多数人的确是傻瓜，他们真会相信"（麦克尤恩，2003：82）。斯蒂芬的父亲认为育儿手册事件整个就是一个骗局，育儿委员会的工作毫无意义，政府的这种行为完全是在浪费人力、物力和财力，"决策者们知道谎言比真相更为人们所推崇，官僚体系的集体工作已经成为一种仪式性地编造神话的活动，大多数人知道这些神话是假的，但他们的工作环境却要他们把谎言当真理接受"（沃尔夫，2005：395-396）。麦克尤恩通过暴露这一事实揭示了当时政府的丑恶面目。

在朱莉临产的时候，斯蒂芬找不到任何关于生育的书籍，他自然而然地必须进入助产士的角色。这样，"《权威育儿手册》所代表的官方话语的权威就遭到了消解"（Wells，2009：54）。这说明"国家越是努力修正过时的政府结构，政府就越是变得不合时宜。'大型政府'的趋势都是相应走向无能政府"（沃尔夫，2005：375）。政府的这一系列行政行为暴露了它的信任危机。信任是社会的一种基本价值，它能够营造一种安全的社会环境，因为信任本身就包含安全的内涵。然而，在该小说中，政府在育儿手册问题上弄虚作假，严重脱离了群众。在此，统治阶级由于丧失了它的舆论基础，再加之各种矛盾错综复杂，"管理体系愈来愈陷入其责任和无能构成的困境之中"（沃尔夫，2005：378）。于是，政府官员便用谎言代替真理，这并非因为他们是坏人，而是因为社会的政治矛盾使他们别无选择。小说中的英国官僚阶层与群众脱离，更是给谎言加了一层保险，并使"编造神话成为美德"（沃尔夫，2005：396）。幻象政治和谎言既是个体化社会政治方案枯竭之趋势的原因，又是其结果。这反映了政府的信任危机，同时也让政治的合法性遭到了质疑。麦克尤恩在此揭露了晚期资本主义社会的腐败本质。

鲍曼指出，晚期资本主义存在一个无法解决的矛盾：一方面是民主的呼求，另一方面是资本的不断积累的呼求（Bauman，2001：126）。这让资本主义国家左右为难，如果支持民主，那么资本的积累难以为继；如果支持资本积累，那么又无民主可言。资本主义制度的这种困境最终导致政治与民众脱离，失去了它的执政基础。这表现为它不能反映民众的利益。《时间中的孩子》中的育儿手册事件就是一个明显的例子。育儿手册违背儿童的根本利益，沦为政府官员为自身谋取利益的道具。政府因而失去了民众的信任，最终导致了它的合法性危机。

哈贝马斯认为，"只有当国家确实表现出自己是社会国家，能够控制住经济过程中的破坏性的副作用，并对个人的利益不造成损害时，而且只有在这种情况下，合法性面临的威胁才能得以避免"（哈贝马斯，2000：281）。而在该小说中，在合法性危机的背后，我们看到的是这样一个问题："晚期本主义的出现已经严重地改变了国家的性质以及它赖以运作的政治体系。政府徒有其表而无力达到自己宣称的目标，决策者们远离公众，理性被蚀，代之以幻象和虚假，传统政治思维破产，异化政治取代了真正的政治，国民性出现精神分裂，调停机制崩溃，以及统治阶级乌托邦化——所有这些一起发生作用，使得晚期资本主义国家严重瘫痪。"（沃尔夫，2005：461）这段话一针见血地指出了晚期资本主义国家不合理的结构设置以及它的政治发生的极端变异，这种变异带来了极其严重的后果：国家无所作为，同时亦无法作为，这让政治原本具有的权威丧失殆尽。在此，麦克尤恩展现了个体化社会政治的颓废面，表达了自己对于这种政治体制的极端失望之情。

作为政府的要员，达克的死亡具有重要的象征意义。它象征着晚期资本主义制度腐朽性的一面，这已经威胁到了资本主义制度本身的合法性问题，事关资本主义制度的存亡。麦克尤恩似乎认为，这种合法性危机的根治，就要依托于将公共权力重新置于"持续的同意"的基础上，即恢复公共领域的独立性和自主性，并赋予公众批判的能力和权利，为行政系统提供必需的合法性支持，这样才能从根本上解决晚期资本主义所面临的严重的合法性危机。他对撒切尔政府的市场经济政策的极度反感体现了他对于恢复政治本身功能，进而促进政府的合法性的一种吁求。

在该小说中，麦克尤恩还通过揭示政党之间相互诋毁的行为来反映政治的合法性危机。由于育儿手册撰写的内幕被不满政府的内部工作人员泄露出去，并被反对党揪住了把柄，反对党趁机在报纸上大肆攻击现任政府，措辞激烈，如"粗鄙卑劣的玩世不恭""令人作呕的伪装""对父母、议会和原则的恶意背叛"（麦克尤恩，2003：172），等等，其他新闻不可能压住这条新闻的风头。面对反对党的攻击，政府不是深深地做自我检讨，而是一错再错，继续编织自己的谎言，并对反对党的言论进行了反攻。政府在报纸上是这样号召民众的："孩子们，站好队！严肃报纸上说它'具有专业水准和权威性'。它标志着'育儿书编写中的混乱局面和政治劣行的结束'。'它忠实地追寻事物的确定性，囊括了时代精神'。不管它是如何来的，这本书是大家效仿的典范，应该大量发行，让人人都能读到。"（麦克尤恩，2003：173）政府对自己的谎言继续掩盖，并让民众为它鼓掌欢呼，目的在于对付反对党的各种指责。而民众被置于政党之间，看政治笑话。这表明，在个体化社会，"政党组织的力量和内聚力已经减弱。政治党派更像是一个演员们追逐着各自利益的竞技场"（亨廷顿，1989：79）。而且从该事件中人们得出一个结论："在谎言和真理之间布满了复杂的河道。公众生活中内行的生存者可以凭着准确的直觉自由航行，还能保持相当的尊严。只是偶尔，由于策略上的失误，他们才必须卓有成效地撒谎，或是坦白重要的真相，大多数时候还是稳当地奔走于两个极端之间的。"（麦克尤恩，2003：174）个体化社会的政治非常险恶，只有内行者才能游刃有余。政治成为政客们实现自身目的的手段，而并非用于为民众服务的目的。这就是个体化社会的政治：识时务者为俊杰。各政党之间缺乏团结，甚至为了自己的利益相互指责和抨击，此举严重损害了政府在民众心中的权威形象，进而它的合法性遭到了质疑。这说明晚期资本主义政府不再能体现民意，反映了它的垂死性的一面。

众所周知，战后英国一直是保守党和工党轮流执政。从反对党的政治监督功能看，没有制衡的权力就容易走向专制和腐败。因此，长期保持一个反对党的存在，对防止执政党及其政府走向专制与腐败是很有必要的。在英国，反对党实为"潜在的"执政党，根据政治惯例，即使在野时，反对党也必须积极参与议会和政府中各种事务的处理，协助执政党行使公共权力。尤其在对外事务上，执政党与反对党更应通力合作，维持国家利益。反对党还有另外一个功能，即当一个政府垮台时，经常有另外一个能管理国家的组织上台执政。在两党制下，英国的执政党与反对党的地位和作用是相对的，两党之间的关系是一种流动的置换关系（施雪华，1998：315）。这样，执政党随时有下台的危险。为了保住自己的位置，执政党与在野党之间相互攻击现象就不可避免，执政党随时面临着合法性危机。

麦克尤恩在此意在抨击撒切尔夫人领导下的英国保守党的执政行为。英国的执政党在20世纪六七十年代一度遭遇认同危机，于是保守党和工党先后进行了自身的改革。保守党在1975年2月选举撒切尔夫人为党的领袖。她上台后就着手改革保守党，指定基思·约瑟夫负责保守党的路线、政策和理论研究，尽快制定与她欣赏的货币主义相适应的改革理论。她认为，工党的国有化政策，与英国的传统相违背，是经济衰退的根本原因。所以，她的办法就是采取相反的行动，把"社会主义推回去"，让它永远没有逆转的条件。这样的政策当然不单纯是经济的，而且是政治的，也就是要使工党在政治上翻不了身（陈乐民，1997：116）。同时，在党内她于1981 年 3 月和 9 月两次清洗内阁中与她的新路线、方针和政策不合的成员，把积极推行她确定的新路线、方针和政策的人士拉入内阁中；同时还着意控制文官中的重要职务，使之符合其党派利益要求。可以见出，英国的执政党与在野党之间的竞争是非常激烈的，出于维护自身利益的需要，他们往往用尽各种伎俩。于是，相互攻击与失信于民便司空见惯。麦克尤恩在此解构了政治的"取信于民"的传统，向读者展示了一个彻头彻尾的虚伪的政府形象。而信任是社会的基石，不诚信的政府必然会给社会带来巨大的灾难。小说通过揭示 20 世纪 80 年代英国政府不诚信的一面，反映了个体化社会政治的合法性危机。正如哈贝马斯所指出的，"经济全球化已经把福利国家时代资本主义与民主之间结合的纽带冲断了"（李惠斌，2003：11）。在该小说中，麦克尤恩解构了以往的以民主为基础的政治制度，实现了对于当代英国社会政治阴暗面的控诉，因为撒切尔政府就标志着与战后英国社会民主制度的不可逆转的决裂（格雷，2002：29）。在此，他表达了自己的一种担忧：这种社会在不久的将来会成为另一种极权社会（Slay，1996：129）。而在小说的末尾，斯蒂芬与朱莉最终团圆，并和好如初，这体现了麦克尤恩在政治黑暗的社会中对于快乐与幸福的向往，它像干旱中的雨露一样滋养着当代人贫乏的心灵。它表明，在这个政治退化、民众坠入黑暗深渊的时代，"个人是唯一的希望"（Roberts，2010：52）。

第三节　政治的功能危机

麦克尤恩在《时间中的孩子》中通过揭示新自由主义政策对英国社会产

生的严重影响来反映由于经济对政治的替代导致的政治功能的萎缩。该小说中无处不在的乞讨现象是政策实施的后果之一。当斯蒂芬看到乞丐女孩向他走来时,他抱有一种矛盾心理,他觉得,"施舍吧,肯定让政府此项措施一举成功。不施舍吧,又有决意对他人贫困视而不见的嫌疑。别无选择。这便是无能的政府采用的策略,切断公共政策与私人情感之间的连接,扼杀人辨别正误的直觉"(麦克尤恩,2003:3)。佩戴执照进行乞讨是英国当时经济理念的象征,意味着乞讨也是一种谋生方式,而斯蒂芬的矛盾心理反映了他对国家经济政策的质疑。

20世纪80年代,信息技术的巨大进步以及互联网的广泛使用,加剧了以里根主义、撒切尔主义为代表的新自由主义理念在全球的蔓延,特别是在苏联解体、东欧剧变之后,这种以"解除管制"为主要特征的新自由主义迅速成为时代的"政治、经济范式"(乔姆斯基,2001:1)。与此同时,经济全球化得以迅猛推进,时间和空间被空前压缩。新自由主义思想在发达资本主义国家普遍采纳,而且信奉撒切尔主义的政府均制定相关政策让这种思想具体化。新右派的崛起及其对政治的长期控制,使全球化和自由放任的政策具有了密切联系,这使得许多国家纷纷放弃福利国家的社会保障政策,于是,社会的贫富分化和不平等境况进一步恶化。而英国的情况是,从1970年到1990年,英国的不平等比任何一个国家都增长得快。人口中低于平均收入一半的比例增加了两倍(Childs,2005:72)。不算领取退休金的人,英国有1/5的家庭无一人工作。这表明有大量的人被排斥在社会以外(格雷,2002:35)。该小说中到处盛行的乞讨现象与此不无关联,同时也反映了它的去政治化危机。正如彼得·恰尔兹所指出的,该小说描述了"一个到处充斥着佩戴执照的乞丐的国家,在富裕的表象下盛行着贫穷和欺骗"(Childs,2005:72)。麦克尤恩借助该小说抨击了撒切尔政府的政策,达到了针砭时弊的作用,同时也淋漓尽致地揭露了资本主义制度的不合理性。

小说中英国社会的"去政治化"过程正是从这个历史转变中产生的政治现象:通过将新的、政治性的安排置于"去政治化的"表象之中,新的社会不平等被"自然化"了，于是，乞讨亦理所当然地成为一种经济运作方式。可以看出，在某种程度上，去政治化过程促成了社会的不平等，这是因为"去政治化"过程是一个"政治交易"的过程：传统政治精英一方面掌控着政治权力，另一方面又让自己成为特殊利益集团的代表。而跨国资本与特殊利益集团必须通过交易的形式换取权力机器的支持。在市场化改革的推动下，国家权力机器在不同程度上涉及经济领域。于是，这个"政治交易"就转换为"去政治化的权力交易"，其主要形式是不平等的"产权改革"以及由此引发的大规模的利益重组。腐败不但是这一制度性转换过程的必然产物，而且是在公共舆论中掩饰更大的不平等和非正义的财产转换过程的一个题目——在产权明晰、法制化等名义下进行的腐败活动从一个特定的角度将这一"政治交易"过程合法化了，亦即以法的名义将产权转换过程"去政治化"（汪晖，2008：47）。麦克尤恩在该小说中所要批判的正是这种不平等，而这种不平等是新自由主义政策实施过程中无法避免的现象，反映了资本主义制度的虚伪性。因此，麦克尤恩的这种批判代表了新自由主义政策下穷人的一种权利诉求，同时表现了他对资本主义制度的强烈不满和愤怒的指控。

而这与麦克尤恩本人对于新自由主义政策的批判态度也是一致的。他对于英国社会现实的强烈批判主要通过人物斯蒂芬和他的父亲对这个国家持有的消极判断来传达。斯蒂芬的父亲对眼前的英国社会非常不满，"肮脏的街道，满是污言秽语的墙壁，贫穷。十年里，一切都变了。十年前那是一个新国家"（麦克尤恩，2003：170）。斯蒂芬自己也说："每一种事物都在恶化，就没有变好的事物吗？"（麦克尤恩，2003：203）斯蒂芬和父亲的态度代表了民众的态度，表现了他们对于撒切尔政府实施的新自由主义政策的极度反感，而这也代表了麦克尤恩本人的态度。出生于这个年代的麦克尤恩指出："我的父母和我之间存在一种鲜明的对比：父母生活在大萧条和'一战'、'二战'的年代，而我出生于福利国家之初，那时的英国处于史无前例的繁荣与相对稳定的时期。我获得了一流的教育。"（Roberts，2010：87）然而，到了20世纪80年代，政府由于实施了一系列改革，如福利制度的取消、学校的私有化以及将乡村改造为种植园等措施，导致英国出现了一系列社会问题，如无处不在的乞丐、教育质量的下降、肮脏与贫穷的并行以及政治的腐败等。如同作品中的斯蒂芬和他的父亲对现实深恶痛绝一样，麦克尤恩也直言不讳地表达了自己的观点："撒切尔执政下的英格兰让我觉得厌恶。"(Roberts，2010：43)麦克尤恩的经历其实是"二战"后英国社会的一个缩影。"二战"结束后，英国曾一度达成战后共识政治，其主要包括三项基本内容：凯恩斯主义需求管理、混合经济以及福利国家（王皖强，1999：37）。该共识旨在达到以下目标：适度的经济增长、低失业率、低通货膨胀率以及国际收支平衡。在这四项政策目标中，最重要的是低失业率，即所谓的充分就业。在整个20世纪五六十年代，英国历届政府都基本上实现了这一目标。从1948年到1970年，英国年平均失业率从未超过3%，其中最低的1955年失业率仅为1.1%（王皖强，1999：39）。20世纪70年代初，英国新当选的保守党"着手把混合型的经济恢复为私有经济，削改福利待遇"（张和龙，2004：84），这为20世纪80年代撒切尔执政推行的一系列私有化政策打下了基础。而到了撒切尔夫人上台的时候，她面临三类经济问题：第一是通货膨胀；第二是高失业率；第三是投资萎缩。在撒切尔夫人看来，政府最重要的是要解决通货膨胀和投资问题，只要资金多了，并且活跃起来，对外贸易活跃起来，国家有了钱，步出20世纪70年代形成的经济衰退的"谷底"就有可能。所以，在实行货币主义政策以缓解通货膨胀的同时，就要以成套的政策把"二战"结束以来英国工党执政时实行的国有化的企业逐步地实行私有化(陈乐民，1997：115-116)。于是，私有化政策更是让英国的高失业率问题雪上加霜。而且，由于当时的英国社会处于转型当中，小说中的混乱景象自然是在意料当中了。

麦克尤恩对于撒切尔政府的政策的抨击的确有他的道理。撒切尔政府实施的政策很多，但最能反映撒切尔主义的，是作为一种战略来考虑的私有化政策。因为撒切尔夫人的私有化政策，不但是一种具体的政策，而且是一个无所不包的纲领，在当时英国经济中起先导作用。它涉及同英国工党进行政治斗争的长远战略。除去私有化政策，也就没有了撒切尔主义。从深远意义来说，撒切尔夫人正是主要借助大规模私有化纲领，在英国和西欧掀起一场强化资本主义制度的运动（陈乐民，1997：116）。对于失业率升高、乞讨现象盛行，撒切尔夫人的看法是，解决这一问题的唯一办法是保持铁石心肠，继续采用她曾经提及的药方，即实行货币主义政策以缓解通货膨胀，她拒绝让感情渗进她的政策中来（尤诺，1986：277）。她的这种铁石心肠也是民众对她颇有微词的原因之一。

个体化社会政治的功能危机还可以从公共领域的逐渐丧失这个角度得到解释。新自由主义政策虽然实现了社会改组，但对社会凝聚力损害巨大（格雷，2002：62）。该小说中的公共领域遭到了巨大冲击，作为公共领域代表的政治也不例外。鲍曼指出，社会的自主有赖于个人的自主，而个人也只有在自主的社会中才可能获得自由（Bauman，1999：104）。其中之意在于，公共空间与私人空间之间应该保持动态的沟通，而不应该对峙。然而，在该小说中，这种用于交流、沟通和转化的公共空间则为属于私人领域的经济完全侵蚀和占领。公共空间不再为公共的和政治的议题所填充，只是为私人问题所殖民化了。不仅私人问题和公共问题相互转化的机制以及为此承担责任的行为动机都在萎缩，公共空间中也越来越没有公共问题，它不再发挥其本身沟通的功能。由于新自由主义政策的实施，经济在诸多领域替代了政治，政治的功能由此发生了萎缩。在过去，解放往往被理解为摆脱社会或公共权力的压制与束缚，而"在今天，任何真正的解放，它需要的是更多而不是更少的公共空间和公共权力"（Bauman，1999：100）。这是因为解除控制这一当下社会的"常规"，已经成为压制个体的重要因素。解放的障碍不再是公共权力的压制，而是公共权力的不在场。实际上，公共领域在个体化社会已经处于瘫痪状态。麦克尤恩通过揭示这种公共领域的丧失表达了自己希望政治重新回归公共责任的诉求，让政治恢复它往昔的风采，继续发挥它应有的作用。他似乎认为，如果说"去政治化"的关键在于政治价值的颠覆和消退，那么，"重新政治化"的不可避免的途径也就在于重建政治价值。在去政治化的危机中，寻找新的政治主体的过程必然是和重新界定政治领域的过程相辅相成的。

在该小说中，一方面，麦克尤恩借助小说中的人物来反映现实、鞭挞现实；另一方面，他又似乎对未来寄予某种希望，因为他以一反常态的温情结束了《时间中的孩子》这部作品。"《时间中的孩子》在很大程度上体现了这一点，即成人间的结盟是由居于每个人内心的欢乐和爱所成就的。"（Slay，1994：205）在小说结尾，斯蒂芬和妻子朱莉重新获得了一个孩子，而且孩子对他们发出了质问："你们把我忘了吗？你没有意识到一直都是我吗？我在这儿。"（麦克尤恩，2003：213）孩子天真的发问是对政府的非人道行为的一种指控，"斯蒂芬和朱莉重燃的爱情和新生的孩子意味着一种希望。这不仅是基于他们的关系，而且是这个国家的希望"（Malcolm，2002：106）。这也是麦克尤恩对于黑暗的现实寄予的一种希望。不过，麦克尤恩认为，这种乐观主义并不是对当代社会的明智看法，"也许因为我对于这个世界更加警觉，我觉得自己有责任界定什么是善。我坚信人们总是比他们生活于其中的制度更好"（Slay，1994：205）。只有善才是人的真正本性，而政治是受人操纵的。只有在善的理念下实施的政治制度，其功能才是完善而齐全的。在此，麦克尤恩表达了自己对完美政治制度的向往之情，而进一步来说，这也反映了他的一种世界主义的政治情怀，希望通过建立合理的政治制度来解放全人类，同时，也让他尽到了一名作家的责任。

在西方世界的文明进程中，个体与政治的关联存在一个螺旋式上升的变迁逻辑：氏族与家庭→村落→共同体→民族国家→全球结构。由此可以看出，人类个体对生存空间的欲求不断扩展，同时与政治的关系也不断发生着变化。在古希腊时期，代表公共领域的政治与私人领域是截然分开的。到了中世纪，在基督教的统治下，私人性和公共性的区分具有本质的区别，因为基督教是敌视公共领域的，它强调的是个体的精神世界的完美。于是，人们不再像古希腊城邦的公民一样对政治共同体抱有热爱之情，也不再对公共生活抱有激情，他们逐渐远离了政治和公共生活。而在近代，社会的兴起对公共领域和私人领域产生了决定性的影响，"社会的兴起带来了公共领域自发的衰弱"（Arendt，1998：259），并打破了私人领域和公共领域原有的界限。一方面，私人领域的种种实务被归入社会领域；另一方面，公共领域的政治性不断受到经济的侵袭，经济的影响充斥于公共领域。政治失去了自身的价值，"所有人类活动都被拉平到获取生活必需品和提供物质富足的共同标尺上来了"（Arendt，1998：126-127），生命所必需的活动成为人生的主题，人们无论做什么，都是为了"谋生"，这就是社会的定论。最终，政治演变为一种庞大而繁复的家务管理。

到了个体化社会，原先通过古典自由主义和民族主义这两个相悖的权宜性策略构建起来的理想的资本主义国家结构（国家政权以古典自由主义原则督促公众遵循市场经济规律，而以具有民族主义性质的军事暴力来维护国家的安全）被完全打破，民族国家的形态结构遭到了极大扭曲。在 20 世纪 60 年代和 70 年代，由于资本开始溢出国家的控制范围，蔓延于整个资本主义世界，民族国家再也不能保障人们对自由和安全的需求，也无法保证其自身的合法性，民族国家出现了结构性危机。民族国家的各种构成性要素（如民族、领土、主权等）最终走向结构性解体，致使民族国家力量的衰败。国家被迫放弃具有归属感和确定性意义的民族主义意识形态，转而成为资本流动的"监管员"。全球资本接替了旧秩序所失落的权力，它不仅直接左右所有成员国的政权建设，而且让其国内的经济摆脱了政治的干预，并剥夺了国家独立自主地制定宏观政策的权力。传统的政治原则遭到严重违背，政治成为全球经济的附庸。民族国家的政治机构再也无法满足个体的生存欲求。在此时代背景下，民族国家的衰落成为历史的必然，个体化的政治危机的出现亦不可避免。

麦克尤恩的小说《时间中的孩子》是一部混合性体裁小说，包括心理描写、去乌托邦、超自然因素等。因此，该小说创造了一个丰富多变的世界，不同的话语以不同的方式让这个世界有意义（Malcolm，2002：100）。与此同时，它又是一部政治小说。它刻画了 1979—1990 年撒切尔夫人执政的英国社会出现的种种问题：对穷人的压迫、猖獗的商业贪婪、政治的腐败以及环境的恶化等。可以看出，麦克尤恩早期作品中的恐怖、肮脏、变态的世界已经结束了，他的哥特式青少年意识已让位于成人的生活与洞见（Martin，1987：40）。该小说反映了麦克尤恩的一种人文情怀：对生活的强烈的感受力以及对情感的注重。这填补了他早期小说的空白。麦克尤恩一方面探讨了时间问题，"将科学带入人类的轨道而不是放任其脱离我们的智慧传统——是科学家和其他所有知识分子现在所必须面临的挑战"（霍尔顿，2006：52）。而更为重要的是，该小说反映了被政治蹂躏的社会。麦克尤恩强调社会这种荒谬与残酷，不仅与他早期作品的黑暗世界相呼应，而且让他能够充分揭示这样一个事实：在个体化社会，政治撕裂着个体，异化政治剥夺了个体的人文情怀以及个体心中的那份纯真。在此，个体化社会的政治危机暴露无遗。而 20 世纪是政治危机的时代，两次世界大战以及资本主义本身的危机充分证明了这一点，到了全球化时期更是如此。在该小说中，各种政治话语与因素得到汇集与表达，它们相互博弈、渗透。因此，该小说是一部关于当代英国社会与政治的警示篇。从这个意义上说，麦克尤恩扮演着政治说教家的角色。

该小说以一种非常微妙的反乌托邦形式讽刺了撒切尔政府的保守执政。作品中的首相性别模糊，暗指撒切尔夫人。在该小说中，伦敦的城市风光照完全呈现出反乌托邦化：街头暴力滋生蔓延并屡禁不止；核竞争让世界面临毁灭的威胁；性欲被压抑；童年的纯真被政府报告的执行所玷污和扼杀。因此，它是一部典型的英格兰政治状况小说，它让麦克尤恩得以全面审视撒切尔执政期间的整个英国社会的全貌，它包括以下现象："控制"以自由的名义实施着，贫穷与欺骗在富裕的表象下盛行。该小说反映了 20 世纪晚期的英国社会与政治现状，任何形式的纯真都不可避免地丧失，道德和真正的交流都被无情的自我利益所替代。究其原因，这是由于资本的全球流动使西方各国之间的依赖性增加，这种变革对世界形势产生了深远的影响，正如系统哲学家欧文·拉兹洛所指出的："在今天的世界遭遇危险是不可避免的，我们毕竟生活在人类历史上最快的和最深刻的转型时期。我们的世界正变为一个互相联系和互相依赖的，并且高度容易冲突的技术-工业体系，因而直接遭遇一系列经济、社会、生态问题。"（拉兹洛，2004：1）当今社会中的个体存在着一个明显的悖论：一方面我们似乎感到自由已经达到它可能达到的最高程度，另一方面我们对改变世界事务的操纵方式和自己的生活境遇又感到无能为力（Bauman，1999：1）。这说明在全球化时期，由于受异化政治的影响，个体在各个方面的发展均受到压制，体现了个体化社会政治危机的严重后果。面对全球政治的混乱，麦克尤恩认为，政治规则是需要的，只有它才能让我看到希望（Roberts，2010：190）。其言外之意是，地域性政治的衰落让人们不得不对全球治理抱有希望，全球范围的政治框架的建立是必要的。在全球化的空间，要为个体创造秩序，要让以往的满足个体的基本需求并为个体创造幸福生活的政治得以重新凸显，就需要重构秩序和公共空间，而要实现之，就需要超越民族国家的政治框架，用以协调个体的自由与安全，并以能够解决全球不确定性问题的新的政治代替之。麦克尤恩是一位具有高度社会与政治责任感的作家。他的早期作品以恐怖震惊世人，但同时又起到揭露社会阴暗面并揭示人类生存困境等作用，而《时间中的孩子》描写了一个安于现状的停滞不前的社会。麦克尤恩向读者呈现了一幅肮脏的大都市的反乌托邦景象：散布于城市各个角落的排放着肮脏的尾气的汽车；持有执照的乞丐；私有化的救护行业；到处充斥的敌意。布拉德伯里将此称为小说的启示意义，它是 20 世纪 80 年代小说创作的普遍理念：书写一种为任意和垃圾所充斥的文化，时间往往被扭转，并暗示一种普遍存在的危险、灾难、危机。这些小说往往让读者产生一种新近历史感，其本质是历史上的某种灾难导致更多的灾难，因而自 20 世纪 50 年代以来的小说中的黑暗主题似乎增强了（Bradbery，2004：457）。麦克尤恩在该小说中表达了自己的观点：20 世纪 80 年代的英国社会应该停止哀悼它丧失的过去，并进行自我更新。麦克尤恩指出，我们以前总是倾向于谈论过去，现在我们需要定位的是未来和我们自己（Roberts，2010：49）。这充分体现了麦克尤恩对英国政治前景与人类未来命运的高度关注。

第四章 《无辜者》：个体化的道德危机

在上一章，我们以麦克尤恩的小说《时间中的孩子》为例，分析了该小说中所展示的个体化时代的政治危机，这种政治危机主要表现在政治与个体需求的背离，政治的合法性危机以及政治的功能危机。麦克尤恩认为，小说书写当浸淫于道德，他将自己对个体化时代所面临的道德危机的忧患意识巧妙地融入自己的写作当中。在本章，我们将以《无辜者》为例，尝试探讨麦克尤恩对个体化时代道德危机的再现。

麦克尤恩的小说《无辜者》自 1990 年出版以来，因其惊悚而独特的故事情节吸引了很多读者的眼球。其中，令人恐怖的分尸情节似乎又将人们带到了他早期小说的惊悚氛围，让人们想起了"恐怖伊恩"（Ian Macabre）这一称号。但自它出版以来，它仍然得到很多好评。例如，米歇尔·伍德指出，"这是一部新的引人注目的小说，它探讨了知识的各种变化的和令人烦恼的可能性。小说中的精妙之处比比皆是"（Wood，1990：24）。乔治·斯泰德也认为，"该小说显示出麦克尤恩是出色的心理专家，其中的历史背景亦遭到了绝妙的讽刺，而且小说中的各种素材均被巧妙地串在了一起"（Stade，1990：33）。这些评论家的赞扬主要围绕着该小说的形式因素展开，无论是讽刺的手法，还是知识（素材）的各种巧妙运用，都体现了这部小说绝佳的可读性和形式上的创新。麦克尤恩的这部小说的确是他的小说创作从前期向后期转型的一部重要作品。

这部小说区别于他之前"惊悚"小说的一个根本点在于题材的选择。这部以谍战为题材的小说在情节上丝丝入扣，引人入胜。但是如果从题材入手去分析这部小说，我们只能掌握该小说的形式特征，其深邃的思想意义就会被忽视。而这部小说最深刻的思想在于揭示了个体化时代所面临的道德危机。道德责任、道德危机、忏悔意识以及救赎意识一直是文学重要的关注对象。人生活在这个世界上就需要承担道德责任，由于道德责任的非强迫性，欲望的驱使及其利己动机，人们总是倾向于将个体需要承担的道德责任推给别人，从而造成道德责任的缺失。道德责任的缺失与"人性恶"的观念是相互交织在一起的，"人性恶"这一主题源于基督教中的"灵肉对立"这一观念，"灵"意味着善，它体现了人的道德属性；"肉"意味着恶，它体现了人的动物属性。道德责任的缺失就在于"肉战胜了灵"，道德观念的忽视是由于传统的道德观念受到了挤压，造成它的一致性的缺乏，而道德根基的丧失在于传统的形成道德合法性的社会文化历史环境发生了根本改变。麦克尤恩在该小说中站在道德甚至宗教立场来揭露人性，个体化时代的道德责任的缺失、道德观念的忽视以及道德基础的丧失等道德危机在这部小说中得到了淋漓尽致的展现。

在《无辜者》中，谁是真正的"无辜者"？受害人奥托是无辜者？杀人分尸者伦纳德和玛丽亚是无辜者？他们都是无辜者，又都不是无辜者。"无辜者"在麦克尤恩这里是一个巨大的隐喻，它隐喻着在一个无道德承担的个体化时代，在一个没有灵魂忏悔的个体化时代，每一个人都是"无辜者"，因为他们已经失去了主动承担道德责任的能力，失去了通过灵魂忏悔的赎罪的能力，成为"空心人"。"无辜者"之所以"无辜"，在于个体化社会存在着严重的道德危机。任何一个有理性、有生命的人，终其一生最大的目标就是追求道德上的善，然而在个体化社会，由于个体具有很多的选择自由，他们的行为往往没有确定的道德指导原则。因此，个体化的时代是"一个强烈地感受到了道德模糊性的时代，这个时代给我们提供了以前从未享受过的选择自由，同时也把我们抛入了一种以前从未如此令人烦恼的不确定状态"（Bauman，1993：24）。个体化社会的道德原则以及道德选择的标准的缺失，让人们往往很难实施完全合理的道德行为。陆建德指出，"抽象的伦理价值体系还无法深入内心，润物无声。一旦它有了文学的形象思维的血肉，才有鲜活的生命力"（陆建德，2014：18）。这说明文学之于道德诠释的重要性。从这个意义上来说，《无辜者》给我们提供了一个了解个体化时代道德危机的典型文本。

《无辜者》的故事情节并不复杂："冷战"期间，年轻而天真的英国小伙伦纳德被征去德国参加美国中央情报局和英国军情六处合作的一个项目"柏林隧道工程"或"金子工程"。在柏林，他认识了遭受丈夫家暴的玛丽亚，并为后者的美丽深深吸引。二人很快进入热恋当中，然而，好景不长，玛丽亚的前夫奥托再次出现，并又一次对玛丽亚拳脚相加。在伦纳德和玛丽亚订婚的当晚，奥托又一次不期而至，并醉醺醺地坐在玛丽亚的衣柜里。玛丽亚忍无可忍，在伦纳德和奥托的暴力冲突中，她怀着深深的仇恨和伦纳德一起结束了奥托的生命：将铁榑头砸入了奥托的头脑中。后来，二人为了逃避警方的追究，想尽了各种办法，最终残忍地将奥托的尸体肢解并打包。在伦纳德设法抛弃奥托尸块的过程中，碰上了各种难以预料的事情，于是，尸块被非常偶然地带入隧道当中。在上司葛拉斯的庇护下，伦纳德最终得以脱身，并安全回国。而玛丽亚则和葛拉斯成为夫妻，定居于美国。多年后的 1987 年，伦纳德怀揣着玛丽亚写给他的信重访了柏林，对往事不禁感慨万千。故事在伦纳德的怀旧氛围中结束。该小说主要围绕两条线索展开：第一条是以情报工作为线索，主要叙述了为情报工作服务的地下隧道的挖掘、使用以及最终的摧毁等细节。第二条线索围绕伦纳德与玛丽亚之间的情爱纠葛展开，他们从相识、相恋再到分别，构成了小说的主要情节。

对于这部小说，也有批评家从政治寓言、道德隐喻等角度对其进行了细致的分析。杰克·斯莱指出，"《无辜者》展示了 20 世纪社会的混乱，揭露了个人对于权力的崇尚与争夺，为了它可以不择手段。同时，麦克尤恩让伦纳德作为道德无政府主义的代表，他对玛丽亚的所作所为，象征着强大国家将它们的世界观强加于弱小国家。从这个意义上说，《无辜者》是一部政治寓言"（Slay，1996：135-136）。彼得·恰尔兹亦指出，"《无辜者》这部作品是对于无辜、罪以及男性应对人性的阴暗负责等主题的有趣探讨，同时，也是对于知识和历史的追寻。这部作品向我们展示了，从无辜到邪恶有多么容易，因此，它属于一部典型的日常生活中的哥特小说"（Childs，2005：128）。从这些评论中，我们可以看到"不择手段""人性的阴暗""无辜与邪恶"等术语，虽然各位批评家选取的角度不同，但是他们对于《无辜者》所表现出来的道德问题都有所关注。该小说以传统的全知叙述者的角度进行叙事，其中穿插了叙述者对于各种事件的评论。尽管小说以主要人物伦纳德的视角为主，但叙述的视角仍在主要人物伦纳德与玛丽亚之间频繁转换。视角的这种频繁转换与小说体现的道德的模糊性存在一定程度的关联，突出了个体化社会道德的不确定性特征。麦克尤恩借助高超的叙事技巧，在较短的篇幅中，带着被压抑的激情，勾勒出一个怪诞恐怖而又滑稽可笑的小说世界。该小说中的人物伦纳德、玛丽亚、奥托和葛拉斯等人的行为揭示了他们在道德方面存在的问题，这些问题在个体化社会具有某种共通性，体现了后现代道德的模糊性引发的危机。本章将从这些人物的道德模糊性出发，详细论述个体化社会道德责任的缺失、道德观念的沦丧、道德根基的坍塌等症状，从而揭示这部小说所隐含的个体化社会的道德危机主题。

第一节　道德责任的缺失

人们生活在这个世界上，就必须承担责任，做好自己分内的事情。日常生活所应该承担的责任中有对儿女养育的责任、对父母养老的责任、对配偶忠贞的责任等。这些责任实际上就是道德的责任，相对于法律责任来说，道德责任不需要强制执行，逃避道德责任所受到的仅仅是良知的惩罚，而不会受到法律的制裁，因而道德责任的缺失是很多文学作品争相描述的对象，其原因在于相对于逃避法律责任的"罪"来说，逃避道德责任的"恶"更容易引起作家的关注，因为违反法律不一定会违反道德，人类反抗暴政的法律条文在一定程度上还是一种道德行为。法律是一种外在的强制行为，而道德则是人的内在的一种行为法则系统。人的内在行为法则系统的崩盘会导致道德责任的缺失。在《无辜者》中，道德责任的缺失成为这部小说的一个重要方面。麦克尤恩通过刻画人物的趋利避害的心理和行为来反映主人公是如何缺失道德责任的。伦纳德和玛丽亚的趋利避害的心理首先体现在他与玛丽亚合谋杀死奥托这一点上。订婚之夜，他为了赢得并保护玛丽亚，同意了她的"消灭奥托"这一方案。他对玛丽亚说："我们谈谈，怎样才能把他搞掉。"（麦克尤恩，2009：162）"搞掉"意即"消灭掉"，他们想让奥托从这个世界上消失。他没有设法采取一种更加积极和有效的方式与奥托进行沟通，而是消极应对。他和玛丽亚一样，也将奥托看成生命中的"威胁物"，执意要消灭他。随后，他们受趋利避害心理的影响，果断将奥托杀死。小说是这样描述的：伦纳德在奥托又一次进攻之前，毅然拿起了鞋匠用的铁楦头，和玛丽亚一起将它敲入了奥托的脑袋中，"他没法让它改变它的方向，只能抓紧了它使上劲，让它下来——而它下来了，带着所有的力量和沉重的铁，像个正在踢着的标志。它下来了——像正义的巨灵之掌，上面还有他的手掌和玛丽亚的手掌，夹着审判的雷霆万钧之力，那只铁的脚打下来，敲在奥托的头颅上，并留在奥托的头颅里"（麦克尤恩，2009：170）。"雷霆万钧之力"表明了他们使出了全身力气，意味着他们下手之狠毒，内心之残忍，而事实的确如此：他们竟将铁楦头敲入了奥托的大脑。他们的行为明显超过了正当防卫的范围，由此可以见出他们一心要"消灭"奥托的企图。这样，求生的欲望和消灭奥托这个隐患的欲望压制了伦纳德和玛丽亚应有的道德良心，让他们毫不犹豫地残忍地杀死了奥托，很迅速而果断地结束了他的生命，他们"都不知道他们应当做什么，不应当做什么，这种无知就是恶的原因"（亚里士多德，2003：62），而他们这样做的目的就是要成就他们自己的幸福。伦纳德和玛丽亚结束了奥托的生命，这是一种严重的违法行为，是"罪"，更是"恶"，但是他们为了逃避法律的制裁，将奥托分尸，这更是一种严重的侮辱尸体的道德沦丧行为，但是在他们趋利避害的心理以及道德责任的缺失的行为指引下，他们并没有为此忏悔，还认为自己是"无辜者"。由此可见，他们已经丧失了良知，善的意志在他们这里不起任何的作用，并且他们拒绝承担杀人分尸的法律责任和道德责任。

这种趋利避害的心理和拒绝承担道德责任的行为在小说文本中不胜枚举。我们知道，伦纳德和玛丽亚本来都是普普通通的人物，伦纳德天真、率直而憨厚，玛丽亚则温柔、体贴，他们之所以沦为杀人分尸的罪恶之徒，是因为他们身上潜藏着一种邪恶的力量，当有一种适合它的土壤出现时，它就会滋生。这其实揭示了后现代社会道德规范崩溃情况下个体的道德责任的缺失所导致的严重后果。作为个体的伦纳德和玛丽亚在道德上没有统一的规则去接受，不受约束，道德裁量权掌握在他们自己手上。为了个人的幸福并达到自我保全的目的，他们首先在冲突中剥夺了奥托的生命，然后对他的尸体不仅没有丝毫的尊重，而且出于逃避罪行的动机，残忍地将其肢解并包装得整整齐齐。玛丽亚与伦纳德是恋人关系，他们理应向对方展示自己美好的一面，可是在奥托的问题上，他们却展示了各自极其残忍的一面。他们除了可能受到法律的制裁以外，既不受伦理的约束，也不遭道德的谴责。从这整个过程来看，他们没有丝毫的道德良心，反而出于趋利避害的心理，置他人的生命和尊严于不顾，这是典型的道德责任缺失的表现。西塞罗（Marcus Tullius Cicero）曾明确指出：对于道德的实践来说，最好的观众就是人们自己的良心。良心是道德的基础。良心一旦产生，它会影响人的心灵，在人的无意识当中发生作用。小说《无辜者》充满残忍的暴力场面，甚至是非常血腥的场面，小说中人物之所以具有暴力倾向，是因为他们在道德选择方面没有一个确定的标准，"他们的道德决断是摇摆不定的"（Bauman，1993：37）。由于不知道什么是道德的底线，他们实施的行为往往会令人震惊和恐怖。这体现了个体化社会人们道德责任的缺失：人们出于利己的需要，可以不择手段，而无需承担任何道德责任。通过这种描述，作家麦克尤恩想要告诉我们：一个人如果不加强自我道德修养，任凭道德良心沦丧，不愿意承担道德责任的话，那么他的邪恶是无法想象的。于是，普通人可以做出骇人之举。因此，鲍曼认为，在后现代社会，应大力倡导"为他人负责"（responsibility for others）这一道德观。

小说中对此也有评论，"如果他们能够在一起干这件事情，那么他们就能够在一起干得成任何事情。等这个活儿干完了以后，他们就将会重新做起"（麦克尤恩，2009：193）。"为他人负责"这一道德观就是承担道德责任的表现，因为任何一个社会成员的活动都会与社会中的其他人息息相关，个体不可能孤立地存在，正是"人与人之间存在的相关性"使得道德成为一个"绝对命令"，良知的存在就是"存在相关性"的一个例证，道德需要听从个体内在良知的呼唤，如果一个人失去了"存在的相关性"，沦入"孤岛"状态，他也就成为一个不执行道德命令、不承担道德责任的人。

《无辜者》中的人物受自我保全动机的影响，竭力逃避自己的道德责任。他们之所以可以实施这样的行为，是因为他们在道德选择方面，拥有很大的余地。这反映了个体化社会道德选择的模糊性。这种模糊性在于，他们"不可能形成道德品性，并且由于'失去伦理的根基'而难以履行有约束力的社会义务"（Baurmann，2002：20）。个体往往不清楚自己应当怎样去有道德地生活。于是，他们往往就非道德地生活着，这往往让他们产生趋利避害的心理。"他们的选择比其行为更能表现出他们的品质。"（亚里士多德，2003：29）而且，道德选择往往受到他们利己动机的影响，"个人无力对价值和规范做出有约束力的选择"（Baurmann，2002：586-587）。这就会导致他们道德良心的沦丧。他们的表现反映了个体化社会人们的道德责任的缺失。究其原因，这是由于在个体化社会，信仰的丧失导致一切都百无禁忌，在现代及其之前的社会建立起来的道德规范遭到了抛弃。这意味着："没有比人类意志和抵抗力更加强大的力量来迫使人类成为有道德的，没有比人类自己的渴望和预感更加崇高和值得信任的权威来使人类相信：他们觉得体面、公正和正确的道德的行为的确是道德的。"（Bauman，1995：11）如果没有这样的力量和权威，原子化的个体就被遗弃在自身的智慧和意愿之中，就会产生一种"自我奠基"型道德。这种道德主体自己决定自己的道德模式，是一种建立在自我意识基础之上的道德模型，没有"人与人之间存在的相关性"，因而也就怠于道德责任的承担。

这种"自我奠基"型道德是个体化社会带来的严重后果。在个体化社会，个人生活已不成整体，个人生活已被分割成不同碎片，而"体现破碎存在者莫过于碎片"（Bauman，1993：1）。不同的生活片段有不同的品性要求，而作为生活整体的道德已没有存在的余地。自我被消解成一系列角色扮演的分离的领域，因而不允许践行亚里士多德主义的道德传统。这导致人类在实践活动中失去了客观的、非个人的道德标准，并加剧了社会道德本身的瓦解，出现了难以界定的道德相对主义。于是，客观的、统一的非个人的道德尺度不存在了，绝对的道德命令不存在了。缺乏任何公众性的道德文化在个体化社会泛滥成灾，"在世俗理性世界中，宗教再也无法为道德论述和行为提供一个人所共有的背景和基础"（Macintyre，1981：29）。正是由于个体化社会盛行的道德相对主义造成了"自我奠基"型道德的形成。《无辜者》中的伦纳德和玛丽亚的罪恶行径的产生与个体化社会这种"自我奠基"型道德形成的时代背景存在着高度一致。他们的行为不受传统道德准则的约束，他们完全处于我行我素的状态。这说明，在个体化社会，善恶失去了它的判断标准，道德受个人偏好的影响非常大，它的主观性特质极强。人们除了把现实世界看作与个人意志相冲突的地方外，看不到任何其他东西；他们每个人都有一套自己的态度和偏好，在这种人看来，社会完全是个人满足自身欲望的竞技场，现实不过是个人追求享受中的一系列机会（Macintyre，1981：33）。这表明，在个体化社会，人们看似从传统道德律令（如等级、身份等）中解放出来了，但其实却走进一种道德责任缺失的时代。这种缺失的代价是：人们所表述的任何道德言辞都失去了全部的合法性，人们可以不受外在神律法、自然目的论或等级制度等权威的约束来表达自己的主张。而且，个人意志所具有的权威性，仅仅是因为采用了它们而已，它仅仅对个体自己是有效的。因此，个体化社会的道德是没有绝对的律令的，所谓的道德律令都是主观的、相对的。既然没有绝对的道德律令可以遵循，道德责任的承担就成为一句空话。

这种"自我奠基"型道德先后受到功利主义的"趋利避苦"的心理范式、以摩尔为代表的以直觉进行道德表述的直觉主义伦理道德哲学、尼采的

"超人道德"以及萨特的否定先验抽象的人类共同本性的"存在主义道德"的影响，它排除了道德的客观依据以及非个人标准，因此也就解构了传统的道德观念。"后现代的个体丧失了可以信赖或可以永久信赖的权威。这就是后现代道德危机"最强烈、最广为人知的实践方面（Bauman，1993：24）。人们由于无法确立一种合理的道德律令，便没有可以信赖和值得追求的终极价值目标。该小说中的伦纳德和玛丽亚，尽管他们极端地心狠手辣，他们却丝毫不受良心的谴责，也不去承担道德责任，这足以体现个体化社会道德律令的丧失导致的严重后果。个体可以否定自己应该负有道德责任，可以按照没有普遍意义而只是适合他自己的行为准则去生活，但不能断言人没有道德承担的责任。麦克尤恩借此强烈谴责并抨击个体化社会的道德无序状况，表达了自己对于这种局面的高度担忧。而这也呼应了鲍曼的为他者负责的伦理学观点："我们为一切担负一切责任，在一切人之前对一切人负责，而我的负责超过了其他一切人。"（鲍曼，2002：237）鲍曼提倡人类应该承认自身的缺陷的永恒性，并发挥自身的创造性。因此，他坚决用一种"对他者负责"的后现代伦理学来取代臣属于法律规范的现代伦理学，以此召唤人类的道德责任，维护个体自身的价值。从根本上说，人类是一种道德的存在。人类面临道德的两难选择，因为社会在建构个体的行为规则和影响其生活模式之前，个体就有与他者共存，并具有对他者负责的选择特征。道德的基础就是不断地对他者负责，这是道德状况的原初场景。这与麦克尤恩的道德观点也具有相通之处，他认为，小说是"一种具有较深道德寓意的文学形式，因为它是进入他人心灵的绝佳媒介"（Roberts，2010：70）。可以看出，麦克尤恩在小说中表达了一种道德关系重构的希望：个体化社会的人们应回归现实，关注生活意义，其中的关键是要为他们定位一个合理的世界观。这就要厘清社会与个人之间的道德关系，而它的前提是要厘清社会利益和个人利益之间的关系。这就要求他们在追求个人利益的同时，还要兼顾社会利益，并要为此承担自己需要承担的道德责任。

第二节 道德观念的沦丧

麦克尤恩还通过主人公对自己罪行的反思来表现个体化社会人们的道德观念一致性的丧失，正是由于道德观念一致性的丧失，导致了道德的本体论意义的丧失，人们往往可以利用这种道德相对主义为自己辩护或逃避责任。伦纳德是如何对自己的罪行进行反思的呢？他对自己罪行的反思其实就是他的道德观念丧失的表现：

> 他的罪名是什么呢？杀死了奥托？可那是自卫。奥托私闯民宅，他进行人身攻击。没有把他的死亡报告警察？可是报告了也不会有人相信这是出于自卫，所以这也可以理解。把尸体肢解？可是他已经死了，不管如何处理，又有什么不同？隐藏了尸体？这是一个非常合乎逻辑的步骤。欺骗了葛拉斯、卫兵、值日官和麦克纳米？可是，他这么做的原因，只是为了想保护他们，使他们不至于牵涉进这件与他们无关的、不愉快的事情里面去。出卖了那条隧道？这是由于以前发生了一件件事情，出于万般无奈。除此之外，葛拉斯、麦克纳米，以及所有别的任何一个人，都一直在说，这件事情在所难免，迟早总会发生。（麦克尤恩，2009：232）

伦纳德将自己和玛丽亚残忍砸死奥托辩护为自卫；之所以没报警，是因为警察会庇护奥托；肢解尸体是因为奥托已死，怎么处置都一样；他将撒谎狡辩为保护上司，将叛国轻描淡写为反正"隧道事件"迟早会暴露。杀人、分尸、撒谎、叛国等严重违反道德观念的行为在他这里都有了合法性的辩护，伦纳德总是将自己的罪行归结为他人的错误或是为了他人的缘故，总是想办法为自己开脱。这说明，在后现代社会，由于"没有'构成性的社群联系'，道德的价值会受到任意和自由裁量行为的干扰"（Baurmann，2002：586-587）。伦纳德的道德观念是非常淡漠的，几乎处于道德的真空。

他不但不反思自己的罪行，反而觉得自己实施的行为理所当然。其中原因就在于，他在实施行为的过程中，一切都是以自己的利益为出发点，没有一个明确的道德原则在指导他。最终，他得出了一个结论："他是无辜的。他对此清楚得很。"（麦克尤恩，2009：233）可见，他就是一个毫无道德观念可言的邪恶之徒。不仅如此，他还对自己的行为性质作了总结，认为自己和普通人一样，"我杀了人，我肢解了他的尸体，我说了谎也出卖了机密。可是一旦你们明了真实的情况，那些迫使我采取这些步骤的环境，你们就会明白，我和你们并无不同之处。你们也就会明白，我不是一个邪恶之徒"（麦克尤恩，2009：233）。伦纳德将自己的罪行归结为特殊的外部环境，辩称自己"受到外部环境施加的巨大压力而犯罪，因为这样他就可以被描述为'不幸'"（Dover，1974：153），社会环境对人的道德方式的影响必须通过社会体制才能得以实施，一个社会的道德观念直接决定了一个人的道德行为规范，伦纳德将自己道德规范的缺失、道德观念的丧失等的原因归结为社会环境的影响与个体化社会"自我奠基"型道德规范的形成密切相关，他一方面将其道德观念沦丧的行为归于外部环境，获取人们的怜悯，另一方面又在这种道德规范的实践下将自己扮演为"无辜者"。他的这种思维逻辑更是让人觉得可怕，人们会发现，善恶之间的距离是如此之近。由于缺乏基本的道德意识和道德准则，他对道德实践的观念是模糊的。尽管他犯下杀人、分尸、叛国等严重罪行，他仍觉得自己是无辜的。这表明，在个体化社会，人们的行为是无道德原则的，如果有，那么也是一种"自我奠基"型道德。而且，这种道德理念往往会成为个体逃避责任的借口。麦克尤恩通过在该小说中表现普通人的这种罪恶行径和有害思想，向读者揭示了人们内心深处的邪恶："许多事情披着无辜的外衣进行着"（Roberts，2010：62），因而麦克尤恩对此持有强烈的批判态度。同时，伦纳德的反思体现了他对道德的模棱两可的态度，体现了个体化社会人们对于道德的迷茫，更为严重的是，它体现了人们道德观念的沦丧。

伦纳德对他人实施了极端残忍的暴力，还竭力为自己辩护，称自己是无辜者，这反映了他的道德观念的沦丧。伦纳德向间谍出卖了有关隧道的秘密，目的在于逃避自己杀人分尸的罪行。他明知自己犯下了叛国、杀人、分尸的罪行，却在想象的法庭上，竭力为自己辩护，声称自己是无辜者。无辜在此褒贬不一。首先，作为英国的普通公民，伦纳德是一个天真、率直的小伙子。在小说开头，麦克尤恩运用陌生化技巧，将他描述为缺乏经验与人生定位的大男孩，"作为小说主人公，他完全是一个外来人"（Möller，2011：92）。其次，玛丽亚唆使伦纳德杀害奥托，自己最终却和葛拉斯成为夫妻。她最终作为交换的筹码，通过与葛拉斯结婚的方式来掩盖伦纳德杀害前夫这一事实。由此可见，在某种程度上，伦纳德充当了他们的替罪羊（Childs，2005：79）。在这一点上，伦纳德也是无辜的。再次，伦纳德杀人、分尸、抛尸，邪恶至极，绝非无辜，我们其实是"被迫与麦克尤恩一起一眼不眨地看到人性中真实的一面，即伦纳德自始至终赤裸呈现出来的人性的污秽"（Childs，2005：88）。小说标题"无辜者"既体现了罪行累累的伦纳德辩护自己为无辜者的荒诞性，也揭露"冷战"时期各国在柏林实施军事暴力的真相。伦纳德对于无辜与有罪的辩论是个体化社会道德模糊性的明显例证，它体现了"无辜"判定标准的不确定性，更反映了个体化社会中人们道德观念的沦丧。伦纳德作为一名无辜者，成为一种反讽的存在。不过，麦克尤恩借助伦纳德的反思，表达了自己的一种希望：在个体化社会，尽管道德失去了践行的背景，但是个体在内心深处，仍存有对传统道德原则践行的渴望。而且，小说在结尾以希望和诺言结束：新生的希望和团圆的诺言（Slay，1996：40）。这反映了麦克尤恩对于在个体化社会重新拾起道德观念抱有很大的信心。

《无辜者》中揭示的个体化社会的道德观念的沦丧（即道德观念一致性的丧失）的背后有着深刻的历史原因。麦金泰尔指出，人类社会的道德衰退，经历了三个阶段：在第一阶段，亚里士多德主义的道德传统盛行，道德理论和实践所体现的真正客观的非个人的标准，为人们的行为和判断提供了合理的正当理由。第二个阶段是自启蒙运动的思想家直至功利主义者为道德进行合理论证全部失败的历史时期。随着社会历史的变迁，尽管道德的、客观的、非个人的标准仍然存在，但其赖以存在的社会背景正逐渐丧失。在第三个阶段，从 20 世纪初直至当今时代，道德的普遍性无法被诠释，善亦不可定义。普遍性道德成为无背景的"禁忌"，注定会被任意曲解和践踏。当代的人们继承了来自不同背景下的道德观念和道德标准，它们互不相容。由于它们脱离了自身的历史背景，它们仅作为道德观念和道德标准过去的残存物存留于人们的生活中。麦金泰尔认为，当代西方道德文化的基本特征是由情感主义所代表的，情感主义的主张已为社会所接受。这是因为，按照情感主义的观点，道德言辞和道德判断的运用主要是个人情感和个人好恶的表达，这是当今道德文化的实质所在(Macintyre，1981：3)。《无辜者》中伦纳德的自我辩护充分反映了这一点，这是由于具有道德理性的行为者所依据的某种具体原则，其合理性总可以依据某种普遍的原则得到证明，虽然理由之链总有终点，但论证的终点是永远无法达到的。于是，对任何普遍原则的表述，最终都是个人意志所好的表述。道德观念一致性的丧失不仅造成社会道德的无序，也造成了个体灵魂的丧失，其最直接的后果就是道德的多元化取向。它撇开了道德生活的文化和历史背景来诠释道德，让这种诠释与传统毫无关联。

　　该小说中的伦纳德对于自己杀人、分尸、抛尸以及叛国等罪行的反思就充分证明了这一点。从他的自我辩护型的道德诠释当中，已看不出丝毫传统的道德原则或因素的影子，而完全是一种毫无道德根基的道德诠释。在此，他集被告和裁判于一身，将自己的罪行完全合法化。这表明，在个体化社会，道德丧失了它的内在目的和意义，成为一种纯粹的外在的约束性规范。伦纳德的辩护之所以显得如此荒诞不经，是由于个体化社会的道德的本体论意义和地位的丧失，道德缺乏终极目的的一致性。这样，人们就没有统一的道德信念。因此，他的荒谬的自我辩护出现在这个道德观念沦丧的时代也就不足为奇了。在此，道德的终极关怀意义——道德和生活世界存在的内在的一致性和统一性遭到了解构，道德亦失去了它的终极价值依据。如果没有终极关怀，那么人生就可能是一连串相对的目的和手段的因果链条，却没有终极的目标(张志伟，2004：3)。小说《无辜者》深刻反映了个体化社会的这种道德危机，它借人物伦纳德之口，道出了个体化社会的道德多元化取向及其荒诞的一面，小说因此具有浓厚的现实批判色彩。

与此同时，麦克尤恩也不是对个体化社会道德丝毫不抱希望，他对个体化社会道德的解决方案是适度的移情。这要从他强调"想象"的功能说起。麦克尤恩认为，道德下面是"想象"，想象构成道德的基础（Roberts，2010：70），我们天生是道德的存在。想象让我们理解了成为他人会是什么情形。因此，残忍的行为是想象的失败（Roberts，2010：70）。他进而提出，小说中的道德问题开始于移情（Roberts，2010：70），而移情意味着进入他人的头脑。麦克尤恩在《卫报》上发表的见解更加明确地表达了他的移情观："将自己置于他人的心灵进行思考，这是移情的本质。想象成为他人是什么样，这是人性的内核，是同情的本质，是道德的起点"（McEwan，2001：1）。麦克尤恩认为，正是由于我们具有移情的能力，我们的人际交往和社会活动才得以可能。因此，普通人可能受到"移情腐蚀"（empathy erosion），因而屏蔽对他人的移情能力或者将移情能力降至"零度移情"水平，对他人实施暴虐行为，凸显人性的残暴（Baron-Cohen，2011：4）。从某种程度上来说，《无辜者》中人物之所以能够实施极端残忍的行为，是因为他们移情的缺失。因此，个体化社会的人们就要重视移情能力的培养，而这又必须依靠道德的教化功能，"道德生活的每一种形式、道德生活的主要内容以及道德哲学世界观功能的发挥等，都离不开符合时代要求的道德教育"（麦金泰尔，1999：56）。今天的道德危机在于社会没有把道德的内在含义与现时代的社会生活联系起来，没有把道德哲学与时代变化的事实有机统一起来。道德的世界观功能就与时代的要求相脱节。通过道德教育，让人们能够促进自己从现实的状态向理想的状态和本质的人性发展。这样，道德个体才能过上"社会整体性的道德生活"。

第三节 道德根基的坍塌

前面已经分析了《无辜者》中道德责任的缺失和道德观念的沦丧，这是指在个体化社会由于"自我奠基"型道德的形成，"人与人之间存在关系"缺失，个体的道德责任缺失、道德观念沦丧。如果追问个体道德如何缺失、个体道德观念为何沦丧，我们就需要追问个体化时代道德根基奠定的基础是什么？道德根基主要指的是道德的伦理规范和基本准则。按照韦尔斯的理解，"我们有一种天然的责任去关爱他人，而我们自身的存在也依赖于他人，正是道德基础才使得这个社会成为可能"（Wells，2009：14）。道德的根基是这个社会得以存在的前提，如果一个社会失去了道德的根基，这个社会就失去了人与人之间相互交流和了解的基础。伦理规范是道德实践的基础，一个社会的伦理规范是指导人们道德生活的基本行为准则，如果失去了这一行为准则，每个人为自己的道德行为单独订立一个伦理规范，那么，这个社会得以遵守的伦理规范就会失效，从而导致这个社会道德根基的坍塌。一个社会伦理的失范也就会将这个社会的道德根基连根拔起，因为伦理本先于道德，"伦理对普遍正确的行为作出判定，还将正义与邪恶断然分开"（Bauman，1995：2）。道德是伦理的产物，并以伦理为基础，由此可见伦理规范的重要性。在《无辜者》中，麦克尤恩主要通过展示人物的伦理的失范来表现个体化社会道德根基的坍塌。

伦理失范首先表现在人物玛丽亚的身上。毫无疑问，在与奥托的关系上，她是明显的受害者，"她遭受男性压迫的历史，就如同 Otto（奥托）这个名字一样，往前往后都一样，这意味着她无法摆脱的困境"（Wells，2009：60）。她的境遇值得人们同情，也值得人们反思。但奥托毕竟是她的前夫，她面对奥托的粗暴，没有对他晓之以理、动之以情，而是被动地还之以冷漠和仇恨。当奥托最后一次来到她的住处时，她非常冷漠地直接对奥托说让他滚出去。她这是以"冷暴力"回应奥托对她身体和精神上施加的暴力，她的这种"以暴还暴"的方式并没有解决他们婚姻中出现的问题，只会使问题变得更僵，更难解决。尽管奥托粗暴，并有错在先，但她也忘记了尊重他人的伦理规范。当奥托在他们的订婚之夜闯入玛丽亚的住处后，玛丽亚本应与伦纳德一起心平气和地商量怎样将她与奥托之间的问题处理好，可她却出于自己的考虑，将奥托当作祸害，鼓动伦纳德去"消灭"

他。这明显是一种不仁之举。作为奥托的前妻，玛丽亚不顾曾经的夫妻恩爱之情，为了摆脱他的纠缠，就对其动杀机，这是其伦理失范的一种表现，其内心的邪恶可见一斑。于是，当她的伦理失范之后，她就从受害者的角色转换为犯罪者的角色。当玛丽亚看到伦纳德面对醉睡于衣柜中的奥托想弃之而去，并不想和奥托发生正面冲突时，她通过抱怨和劝导的方式怂恿伦纳德去消灭奥托。她是这样抱怨的，"你为什么这么心平气和？你为什么不发脾气？你自己的房间里有个人在暗地里偷看你。你就该大发脾气，摔家具。而你却在干什么？搔着头皮说什么我们该去把警察叫来！"（麦克尤恩，2009：159）她这是在刺激伦纳德，说他缺乏男子汉的气概，目的在于激起伦纳德的仇恨心理。而天生不爱与人争斗的伦纳德，为了赢得玛丽亚的芳心，同意了她的"消灭奥托"这一方案。可以看出，玛丽亚一心想让奥托消失在他们的视野中，她在内心早已暗藏杀机，这为她和伦纳德后来杀害奥托埋下了伏笔。玛丽亚为了自己的幸福，就想去剥夺他人的生命，这足以体现她在争取个人幸福时的不择手段，进而反映了她的伦理规范的缺失。

玛丽亚对伦纳德则具有利用的心理动机，这违背了情人间应以诚相待的伦理道德规范。这要从她认识伦纳德的方式说起，她通过带有勾引的方式去认识伦纳德，他们是在酒吧认识的，玛丽亚通过别人给伦纳德递交信件的方式结识了他。这说明，她是有意要结识伦纳德的，这很容易让人联想到她是带有某种目的的，而她后来怂恿伦纳德杀害奥托的行为也证明了这一点。由此可以看出，她和伦纳德恋爱的动机是不纯的。认识了伦纳德以后，她直接告诉他，她非常恨奥托，因为他虐待她、羞辱她并故意折磨她。她在伦纳德的面前以一副受害者的姿态出现，通过向伦纳德哭诉奥托的虐待之举并指责伦纳德的无动于衷的方式，激起他对奥托的厌恶之情，直至煽动他和她一样对奥托动了杀机。她明明知道奥托具有暴力和凶残的一面，却仍然怂恿伦纳德去对付他，这是一种对伦纳德的生命不负责任的行为，是一种"以毒攻毒"的策略，反映了她自私的一面。此外，她怂恿恋人谋杀自己的前夫，不但具有利用的性质，而且违背了夫妻伦理，更违背了恋人间应以诚相待的交往伦理规范。

在伦纳德切割尸体的过程中，玛丽亚扮演了"专家"的角色，告诉他怎样更好更快地锯割尸体，她自己也将尸块处理得非常妥当。在他们眼中，奥托已经被当作一种没有人格尊严的动物，被切割成为酷似屠夫手中待出售的肉块。即使我们将奥托是她的前夫这一事实置于一边不加评论，她对尸体处理得如此"周到"，也足以证明她的极度残忍。尽管如此，文中还有对她的赞美，"她是个好女人——头脑机智，心地善良"（麦克尤恩，2009：193）。这无疑是一种讽刺，也反映了从一个普通人转变为恶魔是多么容易。而且，玛丽亚的名字与基督教中圣母（Maria）的名字相同，象征着神圣与仁慈。可是，小说中的玛丽亚虽然看上去温柔美丽，实则心狠手辣，这无疑是对圣母玛丽亚形象的戏仿。在此，麦克尤恩之所以极尽讽刺之能事，是为了达到对个体化社会伦理失范进行批判的目的：在个体化社会，人们的道德面貌与过去的时代已经大相径庭，由于伦理规范的缺失，一个个原子化的个体已经丧失了他们本来应有的道德良心。

作为新女性，玛丽亚反抗奥托的男权思想和压迫，追求自己的幸福和自由，在性生活方面开放，体现了她对性习俗的挑战。她主动通过递纸条的方式向伦纳德求爱，挑战了传统的伴侣选择和求爱方式，她的行为挑战了自维多利亚时代以来的性伦理规范，该观念认为"女性不能在寻求感情和婚姻的过程中主动出击"（金雯，2016：22）。这与 20 世纪 60 年代的性道德运动的历史背景密切相关。在这个时期，西方社会的自由之爱（free love）和性快感不仅是男性，而且是女性应有的权利，它们渐渐被摆上台面（罗纲，2003：180-181）。有关诸如避孕和流产之类的争论表明，旧的性规则越来越受到貌视。关于"现代两性关系"的观念和新的生活方式逐渐流行起来。妇女杂志和电影院等让妇女的生活丰富起来，新女性形象活跃在人们的生活当中。在一些经典描述中，妓女和艺人被描绘成城市风景图中的典型女性角色，以这种方式支撑着 19 世纪关于贞洁和堕落女人的二元想象，同样，也以这种方式支撑着有关性感放荡的城市之神话，与此同时，这些叙述忽视了普通妇女（罗纲，2003：170）。而在麦克尤恩的笔下，普通妇女也加入了这一行列。受性道德革命的影响，玛丽亚的行为模糊了女人的贞洁与堕落之间的明显界限。她的大胆开放的举动颠覆了自维多利亚时代以来的女性贞洁观念，为开拓时代性道德的新局面提供了典范。与此同时，麦克尤恩似乎强调，玛丽亚也打破了已婚女性要从一而终而不可以追求自己的幸福这一传统。这与麦克尤恩本人的经历密切相关，他的父亲是一个大男子主义者，母亲则是一个温柔贤惠的女性，他从母亲那里强烈地感受到父权制压迫给女性带来的巨大痛苦。因此，他借助玛丽亚这一反传统的女性形象想要为包括他自己母亲在内的所有女性伸张正义，但同时，他也不主张女人为追求自己的幸福而不择手段，他对玛丽亚的名字及行为进行的讽刺就是明证。可以见出，麦克尤恩主张的是一种夫妻平等的新型伦理观。

伦理道德规范的丧失还体现在人物伦纳德的身上。他对玛丽亚的爱经历了一个从爱的扭曲到强奸的幻想再到爱的奴役的过程。他的一系列行为给玛丽亚的心理造成了巨大的伤害：在玛利亚的心里，他曾经是可爱的、天真无邪的傻小子，而他却最终演变为禽兽之徒。究其原因，这是因为伦纳德对玛丽亚的情感中充斥了太多的欲望和杂念，对此，著名麦克尤恩小说评论家杰克·斯莱有过这样的评价："对于天真的自由为伦纳德开启了他的本我当中未开垦的阴暗的一面，他与玛丽亚的关系被男性性欲的恐怖性质所扭曲。"（Slay，1996：136）他在性爱中的激情"是自由意志的表现形式"（聂珍钊，2014：251），自由意志是人的兽性因子的意志体现。它主要产生于人的动物性本能，其主要表现形式为人的不同欲望，如性欲、食欲等人的基本生理要求和心理动态（聂珍钊，2011：5）。在欲望的驱使下，他抛弃了自己为人的最基本的伦理规范，让自己变得如禽兽一般。他已经处于"性欲极度亢奋的状态中，思想确实被卷走了，肉欲的满足成了生命意志的中心，它不再表现为温驯的脉脉柔情，而表现出一种狂乱、凶狠和不顾一切的特征"（张殿国，1992：182）。肉体的享乐心理与内心的欲望充斥着伦纳德的脑海，他受自由意志的影响，如同脱缰的野马，疯狂地蹂躏着玛丽亚。"肉体一旦失去灵魂，就会失去人的本质，只留下没有灵魂的人的空壳。"（聂珍钊，2011：5）这句话形象地描述了伦纳德的堕落过程：他由于伦理道德规范的缺失，疯狂地纵欲，不再将玛丽亚作为平等的另一半，而是将她视为自己发泄欲望的对象，其中还夹杂着一种对玛丽亚的蔑视和亵渎，甚至将她看作"玩物"。伦纳德的此举可以理解自由意志的失控，而这严重侮辱了玛丽亚的人格，同时也可看出，他自己正在离天真愈来愈远。他没有想到自己对于玛丽亚的责任，既然爱她，就要尊重、关心并呵护她。传统的情爱伦理观认为，"爱是精神对自身同一的感觉"（黑格尔，1961：175）。黑格尔认为，爱就是主体意识到自己和另一个人的统一。自古希腊开始，人们就渴望人性，向往爱情，并珍视男女之间的真情挚爱。与此相对，伦纳德的行为颠覆了这一传统的情爱观，爱往往被欲望所吞噬。斯莱指出，"在个体关系中，政治就是一个关于平等和道德完善的问题"（Slay，1996：137）。伦纳德将自己对于玛丽亚的爱转变为了一种奴役，不再将她当作平等的另一半，究其原因，就在于伦纳德丧失为人的基本伦理道德规范，任凭自己欲望的驱使去行事，而不顾对方的感受。他来到柏林，成为这里的陌生人。但同时，他也从他的伦敦生活（即与父母住一起并在一家邮局上班）中解脱出来，他感觉自己拥有了充分的自由，不再受传统伦理道德观念的束缚，成为自由的个体。他开始在柏林这座城市的新环境中创造并界定自己，于是，他的那种不受伦理规范约束的本性便在这新的没有约束的空间里显露了出来。

　　伦纳德的伦理规范的丧失的另一个重要原因是他置身于复杂的国际背景当中。在此，伦纳德用自己的政治身份代替个人身份（Wells，2009：59）。这从他与玛丽亚的性爱中可以看出。如果说伦纳德在隧道的机密工作没有赋予他主体身份，那么他在与恋人玛丽亚的两性交往中则试图占据主导地位，从而确立自己的男性主体身份，因为"当个体的身份感遭遇威胁时，个体会积极地寻求新的身份认同"（Bloom，1990：40）。当他和玛丽亚做爱时，他的脑海里出现了一些古怪的念头：德国、敌人、死敌、打败了的敌人。他认为，"玛丽亚就是那个被打败了的人，他有占有她的权力。这一次由于征服了她而把她占为己有，而且，她对此无可奈何"（麦克尤恩，2009：92-93）。战后英国在国际秩序中的没落地位令置身柏林的英国人伦纳德为自己的身份焦虑不安，柏林隧道的机密工作让他的身份处于真空当中。伦纳德在病态的幻想中建构自己的主体身份，颠覆了自己和恋人之间和谐的性爱伦理。而且，在"冷战"时期，"二战"的阴霾尚未散去，柏林这座城市到处弥漫着暴力的阴影。在"冷战"意识形态语境下，伦纳德的伦理规范已为政治意识形态所充斥。在他的脑海里，玛丽亚已经演变成了实现自己军事征服欲望的对象。我们知道，伦纳德并未接触过战争，然而，他对于强权的掠夺，对于弱小者的欺凌，却被深深写入他的性格中，并加剧了他的伦理规范的丧失。

伦纳德由于"冷战"意识形态的影响导致的伦理规范的缺失还体现在尸体肢解这一情节中。由于他的脑海中充斥着"冷战"意识形态，他竟然将奥托的尸体想象成他行使军事使命的战场，"现在，留在桌子上的已经不是什么人了。它成了一个战场。它只是伦纳德奉命去毁灭的一个城市而已"（麦克尤恩，2009：193）。麦克尤恩让伦纳德把尸体肢解比作城市的分割，是为了批判冷战时期的政治暴力。"二战"结束后，柏林被苏联及其盟国侵占和管制。奥托僵硬的尸体看起来像一块木板，象征着国际关系中的不妥协性；同时，他的躯干又像一个地图，伦纳德切割尸体象征着在"二战"和"冷战"时期，苏联及其盟国对各自利益的瓜分（罗媛，2015：36）。伦纳德在此充当了一个强大身体政治的声音：他愿意切割这个整体，目的是要控制它，并将它打包带走。他甚至认为，切割尸体是一种工作（Childs，2005：80）。奥托的躯干象征着一个作为世界身体的全球共同体。在此，个人身体与世界身体的看似简单的连接是关键点，因为我们会被瞬间连接到国际身体政治犯下的罪恶的恐怖当中（Childs，2005：80）。杰克·斯莱认为，"伦纳德在性和政治方面失去了天真以后，更为致命的是，他又失去了道德的天真。他对奥托尸体的残忍肢解，体现了他的堕落，他的天真的完全丧失"（Slay，1996：139）。麦克尤恩通过描摹个体残暴人性的显现过程来再现宏大的欧洲暴力历史。麦克尤恩想要表明，"我们身处欧洲世纪之末，两次世界大战以及大屠杀等极端恐怖的暴力事件充斥欧洲的社会记忆"(Roberts，2010：64)。暴力不仅充斥欧洲历史，而且如幽灵般出没于现代社会，其暴力形式也不断更新变化。按照康奈尔的观点，暴力与男性气质密切相关，从个人层面的暴力到国家层面的暴力均如此(Connell，2005：257-258)。战争和军事征服的根由在一定程度上源于男权社会的暴力统治欲望。因此，麦克尤恩通过这部小说也想要表达他对人类社会中根深蒂固的男权思想的批判。在他看来，这些思想隐藏着暴力统治的欲望，因而成为人类不幸的罪魁祸首，也是伦理规范丧失的内在原因之一。

而欲望本身无可厚非，"人人皆有欲望，欲望也是生命的重要部分"(亚里士多德，2003：6)。但如果欲望不受伦理道德的约束，就会变得非常可怕，就会让人丧失道德感，它是一个人内心中"灵活、不受拘束的良心的声音"(Bauman，1995：303)。奥托受欲望的驱使，伤害了别人也毁灭了自己。伦纳德受欲望的驱使，逐渐远离了天真，披着无辜的外衣犯下了各种罪行。英语中 innocent 有两种意思，天真或无辜。伦纳德原本的天真是基于他的无知(Childs，2005：78)，他的人生经验的缺乏。但后来，尽管他邪恶至极，但他仍然认为自己是无辜的。他是个天真的人也好，是个无辜的人也罢，这些均不能掩盖他的邪恶的本质。这从一个侧面反映了个体化社会由于道德根基的坍塌造成的严重后果。

此外，小说中的隧道意象值得探讨。隧道有三重意思：第一，象征着性爱；第二，象征着间谍活动；第三，它是尸体的最终存放地。伦纳德与玛丽亚的性爱象征着伦纳德在隧道里工作，玛丽亚的身体像隧道一样有待挖掘、开凿(Childs，2005：85)。而且，隧道表示伦纳德穿越于两个秘密的自我之间，一个是官方的，它连接着上司葛拉斯；一个是私人的，它连接着玛丽亚(Childs，2005：82)。从小说文本可以发现，这两个人对他的伦理失范行为是没有约束力的，这也就表明，他的两种自我是处于伦理真空当中的。隧道由于存放了尸体使它成为罪恶的象征，是伦理的对立面。因此，隧道意味着越界，意味着"不道德"或秘密，而不道德的事情往往又是以秘密的方式进行着(Childs，2005：83)。隧道这种特殊的意象与伦纳德的伦理规范的缺失形成了巧妙的映衬，它似乎让伦纳德的"非凡"举动都有了看似合理的解释，象征着个体化社会道德的真空。

《无辜者》中人物的道德实践行为中不再蕴含传统的伦理规范因素，这与西方社会的历史变迁具有紧密的联系。麦金泰尔认为，在一个有着共同利益的共同体内的对善的共同追求，是传统道德赖以存在的一个基本的背景条件（Macintyre，1981：23）。前现代的家庭、氏族、部落、城邦和王国基本都是这种意义上的共同体。而现代意义上的共同体，已经成为个人为自己谋取利益的竞技场，其中充斥着各种不同的目标和利益。自从人类进入现代社会，具有内在利益的实践概念和人类生活整体的概念在人们的生活中逐渐消失，而亚里士多德哲学在现代社会中也难以有立足之地。这表明，传统的道德丧失了它得以践行的背景条件。的确，自17世纪开始，传统的伦理道德规范很少有机会在现代生活中得到践行，而且，人们也难以对传统道德进行令人信服的论证。

纵观人类道德的实践历史，我们也能够发现这种伦理规范丧失的历史进程，这与麦克尤恩的小说书写形成一种"互文"关系。在英雄社会，社会结构具有高度的确定性的角色和地位系统，这个系统的关键结构是亲属关系和家庭结构（Macintyre，1981：17）。个人行为是其道德和善行判断的基础，与社会结构具有紧密联系。道德和社会结构其实是等同的。而到了公元前5世纪的雅典时期，道德权威的中心突破家庭和家族的范围，转移到了城邦，荷马的道德标准不再适用新的道德界定。按照亚里士多德的道德观，如果一个人拥有善，他就能够幸福，其中的关键在于道德的践行。德性与共同体的关系是这样的：共同体成员对善与道德的广泛一致的看法，使得公民之间的联结成为可能，而就是这种联结构成了城邦（Macintyre，1981：17）。到了中世纪，影响道德践行的因素多种多样，而且易变，因此，该时期的道德始终与亚里士多德的道德传统形成一种对话关系。

在现代时期，立法者和思想家们认为，道德并非一种自然特性，而是需要构思并注入人类行为的东西。因此，他们试图制定并强制实施一种既具有说教性质，又具有强迫性质的道德规范，它充满了理性的规则。这正所谓"道德法则除了知性以外，就没有其他居间促成其运用于自然对象上的认识能力；而知性为理性理念所构成的基础不是感性的图形，而是一条自然法则"（康德，1999：75）。道德是基于理性的，是具有形而上学性质的。而与此同时，个体从未停止对于道德规范的思索，并作出自己的道德选择。

到了个体化社会，道德状况发生了巨大变化：第一，道德是善恶并存的；第二，道德现象在本质上是非理性的，因为只有当它们优先于目的考虑和得失计算时，它们才是道德的；第三，几乎所有的道德选择都是含糊的善。道德自我在模糊的环境中感知和实践，充满了不确定性；第四，道德不能被普遍化（Macintyre，1981：18）。随着传统束缚的逐渐放松和自治权的逐渐扩大，人们具备了"个体"的地位，这就需要对个性进行"建构"，而个体在此"建构"过程中需要做出各种选择。于是，各种状况开始发生改变，并出现了这样一种现象：某种行为从一种意义上讲是正确的，而从另一种意义上讲可能是错误的。这样，一种行为会产生若干种评判标准。有用的行为并不必然是善的（Bauman，1993：5），善和有用之间存在着一种二律背反。

此外，消费主义是消费社会的一个关键概念，"消费性的选择在当代社会中扮演了某种几近中心的角色，这与在现代社会中通常由工作、职业、就业等所扮演的角色相类似。可以说，消费主义主要体现在对象征性物质的生产、分配、欲求、获得与使用上。在生活层面上，消费是为了达到建构身份、建构自身以及建构与他人的关系等目的；在社会层面上，消费是为了支撑体制、团体、机构等的存在与继续运作；在制度层面上，消费是为了保障各种条件的再生产，而正是这些条件使得所有上述这些活动得以成为可能"（Bauman，1992：50）。当今的社会是围绕着消费来整合的，而自我认同和个人欲望的满足都是通过消费市场来实现的。自由和个人命运已经逐渐变得私人化了，这就为道德冷漠提供了条件。由于在个体化社会，人们生活在全球性和系统性产生的不安全和不确定的环境中，消费选择成为人们寻求意义和追求价值的核心。自由市场最不计后果的短期行为是破坏它本身曾一度依赖的道德。这些道德包括节约、公民自尊、责任、

"家庭价值"，这些现在都成了无利可图的博物馆展品了（格雷，2002：45）。在这种时代背景下，伦理失范已经不可避免。传统的道德危机表现为道德体系内的秩序的混乱以及价值的虚无。例如，在文学中，传统小说家大多采用较为清晰、直接和有条不紊的叙述手法和描写艺术。这在一定程度上表明作者和读者对道德秩序及其价值体系抱有一定的信心。菲尔丁、奥斯丁和勃朗特等作家的小说就是最好的例证（李维屏，2008：263）。然而，自20世纪下半叶以来，由于个体化社会的推进，"自我奠基"型道德开始形成，传统的伦理规范则趋于失效。作家对恢复重建伦理规范已经失去信心。麦克尤恩的写作也开始"直接介入复杂的伦理、社会和历史问题"，甩掉了"恐怖伊恩"的帽子，摇身变为"一个社会预言家或道德预言家"（Bauman，2004：28-29）。麦克尤恩在《无辜者》中不仅融入了更广泛的社会、历史等因素，将个人命运与这些因素紧密地结合在一起，而且深刻地揭示了个体化社会这种伦理规范丧失的现实。

　　该小说中人物伦理规范的丧失与当时的社会历史背景存在着明显的对应。该小说的背景是20世纪五六十年代，正处于道德新旧观念的交替时期，道德的传统背景条件正为个体化社会的缺乏伦理根基的"自我奠基"型道德背景所代替，该小说中人物的伦理观念的丧失是历史发展的必然现象。伦纳德、玛丽亚、奥托等人物的一个明显特征是他们作为一个"原子化"的个体和孤立的自我，"脱离了特定的社会角色和联系，因此能够自主决定并根据个人好恶选择自己的目标、价值"（Baurmann，2002：19）。伦理规范在他们身上是缺失的，他们道德生活缺乏明确的指导原则，因此他们对道德的定位无法准确把握。麦克尤恩在该小说中想要强调的是，个体化社会的人们要重建他们的道德哲学世界观，这是因为道德哲学是道德的灵魂，它以终极关怀为核心。人们要想改变自己浮躁游移的心态，让自己从茫然无措的状态中解脱出来，只有靠重建充满人文关怀的道德哲学才有可能解决此问题。这就需要重新确立道德的价值观本性。伦纳德在道德上的迷茫是个体化社会人们的一种普遍病症，麦克尤恩借这一人物想要表明，西方社会由于丧失了自亚里士多德以来的道德传统，进而丧失了传统

的伦理规范，陷入了严重的道德危机，表达了他作为一名具有高度责任感
的作家的严重担忧。在后现代社会，传统的伦理道德观念已经被抛弃，人
们可以按照自己的意愿行事，而不必受传统观念的束缚。因此，"后现代
时期是伦理终结的时代"（Bauman，1995：41）。人们行事是没有规则可循
的。人们往往根据自身的需要进行道德选择。

米歇尔·伯曼曾严肃指出，当前的社会缺乏"道德生产力"（Baurmann，
2002：3）。究其原因，是因为在后现代社会，传统和现代社会建立起来的
伦理规范和价值观在个体化社会中分崩离析了，道德丧失了它的伦理基
础，成为"无伦理根基的道德"（Bauman，1995：11）。因为道德只有在由
一些比道德的自我本身更强的力量所构成的坚实基础上，才是安全的，所
以，要弄清楚一些问题，如为什么自我是道德的，和我们如何去认识到它
是道德的，等等，是极其困难甚至是不可能的。这表明个体化社会是一种
道德自律的社会，道德的实现依靠人们良好的修养和高度的自觉性。人们
需要自己对道德准则作出判断。《无辜者》中的人物彰显了后现代社会不同
的道德自我，深刻体现了后现代道德的模糊性。这也正好契合了基尔南·
瑞恩（Kiernan Ryan）的观点，"麦克尤恩的小说试图动摇我们的道德确定性
并让我们的自信心受挫"（Ryan，1994：206）。麦克尤恩在谈话中明确指
出，"我们的社会充满暴力，作家应该揭露这一点。我感兴趣的是，暴力
冲动在我们内心是怎样产生的"（Roberts，2010：56）。暴力的根源之一是
人们对权力的追求，是基于一种恐惧——被吞没的恐惧。"它根源于男人
儿时对女人的依赖。他们体会到女人对他们的生存构成了威胁。"（Roberts，
2010：56）这多少令人匪夷所思，但同时也反映了后现代道德的模糊性，
因为在后现代社会"很少有人能够回答出指导我们生活的原则是什么"
（Bauman，1993：37）。

尽管如此，麦克尤恩对于后现代社会仍寄予希望，"面对混乱的世界，
我们对于希望和善的行为的能力似乎是无限的"（Smith，1990：19）。因
此，他在小说的最后以希望和诺言结束：伦纳德和玛丽亚重归于好的希望
以及他们之间团圆的诺言。尽管他们恶行累累，但麦克尤恩还是给了他们

反思的机会，目的在于警示世人不能迷失自己的道德方向，在当今这个道德危机的时代，道德自律尤为重要。这说明他是一个很有道德责任感的作家。20世纪是道德危机的时代，到了全球化时期更是如此。麦克尤恩的《无辜者》体现了各种道德话语与因素的相互博弈与渗透。该小说与传统小说的道德批判存在很大的区别。在传统的小说中，作家笔下人物的道德是具有评判依据的，如乔治·艾略特的小说中的人物。亨利·詹姆斯(Henry James)曾评论道，艾略特的小说"散发着一种道德的崇高性的芬芳，弥漫着一种对正义、真理和圣灵的爱"①。"崇高性"体现了道德的客观的非个人的标准，而"正义""真理"则意味着传统道德的终极价值意义。而《无辜者》中人物的道德行为是没有评判依据的，他们没有确定的道德原则作为指导，失去了道德的权威，因此总是以自我利益为出发点去行事。麦克尤恩由此颠覆了传统道德的权威性。麦克尤恩指出："写作浸于道德，语言是道德价值的仓库。"(Roberts，2010：70)该小说中的人物充当了道德危机的喉舌。从某种意义上说，认识与评判主人公的道德危机，致力于道德的说教，不仅构成了这部小说的基本内容，而且是整部作品的意义所在。此外，人物也成为实现作者创作意图的有效工具；即道德发现是该小说的基本目标。麦克尤恩借助小说这一文学形式，向读者呈现了个体化时代的道德危机，并由此扮演了道德说教家的角色。

总而言之，个体化社会的道德危机体现在三个方面：第一，社会生活中的道德判断的运用，是纯主观和情感性的。第二，个人的道德立场、道德原则和道德价值的选择，是一种没有客观依据的主观选择。第三，从传统的意义上，善已经发生了质的改变，并从社会生活的中心位置退居至边缘(Macintyre，1981：2)。面对道德危机，麦克尤恩的态度是批判性的、建设性的。他所批判的是个体化社会的道德模糊性，因为它给社会带来了严重的后果；他的建议则是加强对想象与移情的培养，加强道德的教化，

---

① 转引自李维屏. 英国小说人物史[M]. 上海：上海外语教育出版社，2008：216.

让道德的宗旨与时代紧密结合起来。可以说，《无辜者》生动描绘了个体化社会道德选择的随意性和偶然性，反映了个体化社会的道德迷茫与道德模糊性，充分揭示了当代英国社会的个体化社会的道德困境，因而具有强烈的现实批判意义。

结　　语

　　麦克尤恩早期小说关注个体化社会的生存危机，它们以"个体化"为中心，将个体化社会的人的生存困境淋漓尽致地揭示出来。本书以麦克尤恩早期四部主要小说为研究对象，借用社会学理论中的"个体化"概念，分别从文化、心理、政治和道德等层面考察与分析麦克尤恩早期小说中的个体化危机主题，揭示麦克尤恩对当代西方社会现实的形象再现所达到的思想深度与艺术高度。

　　麦克尤恩作为当今世界一名非常具有影响力的作家，其作品远不止早期我们所探讨的这四部作品。在其成熟时期的作品中，他的叙事更加圆润，思想更加饱满，其作品中深蕴的历史文化内涵更值得我们去探究。麦克尤恩的早期小说根植于处于晚期资本主义时期的英国社会，对英国社会历史的观察和书写非常精彩和巧妙。麦克尤恩小说的"历史"书写与其对"个体化社会"生存危机的叙述是"一体双翼"的，"个体化社会"就是麦克尤恩进行历史书写的社会语境，麦克尤恩对"个体化社会"生存危机的揭示就是对英国社会的一种历史记录，麦克尤恩不是新历史主义者，他对历史的书写不是重构历史，而是面对历史的真实，从历史中寻找事件的真相。

　　在对《水泥花园》《只爱陌生人》的历史书写中，麦克尤恩通过对暴力与性的呈现，展示了"个体化社会"的"恐怖"表象，这与当时英国社会所面临的困境密切相关。在《水泥花园》中，"水泥"意象与"花园"意象并置，"水泥"制作的现代高楼大厦对原生态的"花园"景观造成巨大的生态破坏，这是现代资本主义社会重视发展经济而对生态环境进行破坏的一种历史书写，在"个体化社会"造成了一种生态危机，这也是《水泥花园》这部作品带给我们的另一层思考。麦克尤恩通过该作品与历史形成了对话，表现了他对于传统共同体文化在个体化社会的衰落这一局面的深深惋惜，同时，也隐含了他对于为欲望所充斥的消费文化的深刻质疑与批判。麦克尤恩通过反映个体化社会中传统共同体文化的瓦解，揭示个体化社会的消费者合作社模型的文化特征。

在 20 世纪 80 年代的英国，一方面，国家通过自由市场和私有化克服了通货膨胀和经济衰退的"英国病"，另一方面，由于社会福利的取消，高失业率的增加使得《只爱陌生人》中的科林和玛丽等社会底层人员失去了生活的来源，玛丽曾在职员全为女性的戏团工作过，但现在失业了。科林曾有过歌手生涯，但也失败了。由于失业，生活无从着落，两人的生活除了纵欲而没有了别的追求，这是当时的英国社会所弥漫的悲观气息让人们产生的对于生存的"荒诞感"。麦克尤恩通过书写处于不确定性当中的个体产生的各种心理危机，充分展示了个体化社会的各种心理话语，揭示了导致心理危机的各种诱因，暗含了他积极发展个体化社会人际交往的真实意图。麦克尤恩通过展示从现代秩序下解放出来的个体由于受消费主义观念的侵蚀、在心理上面临的一系列困境，体现个体化社会中个体的心无所属的"流浪者"心理。

《时间中的孩子》不仅是关于时间的小说，而且是一部关于政治的小说，该小说的背景被设置于 20 世纪 80 年代中期的英国社会，即撒切尔执政的巅峰期。小说中斯蒂芬的个人危机与社会危机形成了对比，这是因为在该小说中，国家政治生活的进程直接影响到个体的生活，由于政治的理念与个人需求之间发生了偏离，对个体的生活带来了深刻的影响。麦克尤恩对于个体化社会的政治危机的书写，颠覆了政治的传统价值，表达了他对于构建和谐政治的期待与构想。麦克尤恩通过呈现个体化社会中资本的全球流动导致的权力的游离，以及它给政治带来的严重后果，揭示了个体化社会中政治的去政治化特征。

　　《无辜者》直接将故事设置在"冷战"时期的德国，英国善良单纯的小伙子伦纳德在冷战的间谍战中沦为叛徒和杀人犯，这种沦落与社会历史有着内在的关联，麦克尤恩通过对这段历史的书写将历史语境对人性恶的滋长淋漓尽致地揭示出来。麦克尤恩对于个体化社会的道德危机的书写，颠覆了传统的道德观念和道德准则，解构了道德的本体论意义上的地位，同时，麦克尤恩亦传达了基于"移情"的道德教化构想以及"为他者负责"的道德重构理想。麦克尤恩通过反映个体化社会中的道德的模糊性，来揭示个体化社会的"自我奠基"型道德。

　　个体化社会的这一系列危机体现了麦克尤恩对危机主题从一般到具体的逐步演绎过程。从更深层次上来讲，个体化的各种危机是西方形而上学观念的终结引发的后果在社会各领域的具体表现。麦克尤恩的"个体化危机主题"是对个体化社会危机的反思，也是对个体化危机的一种拯救，进而传达出重生的希望。在麦克尤恩看来，个体化危机不仅是一种社会现象，而且是一种文学书写、一种审美认知、一种救赎途径，更是一种对生存的形而上的反思与体验过程。

　　在创作方面，麦克尤恩承认罗斯、贝娄、厄普代克等人对自己创作的影响。他们都深谙现代主义，他们都找到了一种方式：取 19 世纪小说之精华，将它与现代自我意识相结合。麦克尤恩虽然受这些人影响，但是有自己的风格。在访谈中，麦克尤恩直截了当地指出了英国小说，甚至是欧洲小说的弊病。他认为，在欧洲，小说萎缩至探求稀有、完美、困难、荒凉的东西，与世界鲜有触及，而英国小说则萎缩至小小的资产阶级世界，关注次要方面（Roberts，2010：198）。关于英国小说的弊病，他指出，英国小说有一种自我限制的乏味感，它带有日常生活的琐碎细节：服饰、口音以及阶级的极细微的差别。还有就是社会准则，"它既可以被人掌控，也会毁灭一个人。这是个非常繁复的领域，我一无所知，但我也不想去触碰这个领域"（Roberts，2010：91）。在写作初期，麦克尤恩喜欢模仿卡夫卡的"黑色幽默"风格。他觉得卡夫卡的写作是一种想象的幽闭恐怖的迷宫本质。英国小说对他来说是"尘封的黑暗的被过度装备的房间，所有的组织都受到损害"(Roberts，2010：55)。而卡夫卡的小说内容惊人的清晰，人物属于任何时间、任何地点，高度自由。麦克尤恩对于卡夫卡的模仿这一点从他最初的两部小说《水泥花园》《只爱陌生人》中得以反映。

麦克尤恩认为，小说是多种知识的联合体。在他看来，科学、宗教是当今世界两个最强的力量。麦克尤恩在访谈中表现出了对于科学的兴趣，他认为："进化心理学在生物学与人文科学之间搭起了一座桥梁，促成了人文与科学的合成。因此，知识的联合体正在呈现。"(Roberts，2010：142)他认为，情感、意识、人性本身成为生物科学的合法话题。他更感兴趣于将量子力学观点或时间的宇宙观融入小说。他创作小说是基于一种希望，探索某种理念。麦克尤恩明确表示，自己对认知地理学、进化生物学等以人为研究对象的智性科学比较感兴趣(Roberts，2010：189)。而这与米兰·昆德拉的观点亦颇相似，后者认为，"小说的特点正是包容其他形式，吸收哲学与科学知识"(昆德拉，1992：62)。

麦克尤恩对个体化社会危机的书写体现了他深切的人文关怀意识。英国小说自18世纪以来，有一个传统，即小说家们热衷于刻画和反映市井百姓的普通生活。而且，英国小说不像法国小说那样充满激情和力量，而是讲究叙事技巧与节奏、词句的合理表达以及修辞的艺术。麦克尤恩的早期作品充分反映了这一点，因此，他是一位典型的英国小说家。但与此同时，他又不是传统意义上的英国小说家，因为他的早期作品充满了谋杀、乱伦、性变态、儿童窥阴癖等情节，因此，他的早期小说被视为一种色情文学。显然，这是对麦克尤恩作品的一种成见。其实，在这种暴力和色情的深处，读者会发现麦克尤恩作品中的严肃主题——对当代社会各方面危机的揭示(刘文荣，2010：4)。这也契合了昆德拉的观点，"每一部小说，不管它愿不愿意，都拿出一种答案来回答一个问题：什么是人的存在？"(昆德拉，1992：156)对于麦克尤恩的作品，著名作家余华亦认为，麦克尤恩的叙述总是行走在边界上，它分隔希望与失望、恐怖与安慰、寒冷与温暖、荒诞与逼真、暴力与柔弱、理智与情感。这种边界叙述让他具有了对于生活的丰富情感。他在书写柔弱的同时也书写了暴力，书写理智的同时也书写了情感(余华，2010：58)。作为一名非常出色的小说家，他的早期作品阐释了全球化时代个体的生存困境，充分揭示了我们这个时代的各种症状，因而研究他的早期作品对于深入分析我们这个时代面临的各种危机有着重要的意义。

　　本书以麦克尤恩的早期四部小说为研究对象，借用鲍曼的"个体化"概念作为切入点，系统分析了麦克尤恩早期小说中的各种个体化危机，体现了作家麦克尤恩强烈的社会批判意识，在题材和内容上拓宽了麦克尤恩研究的广度和深度。本书从"个体化"这一概念出发，以社会学视角系统研究麦克尤恩早期小说，为麦克尤恩研究开辟了全新的阐释领域。在全球化背景下，个体化已经成为当今社会的必然趋势，并日益成为学界的关注对象。对于个体化社会危机的研究有助于增强人们对当今消费社会的反思与批判意识，从而可以警惕并防范各种危机，并加深人们对于自我与他人的了解，从而更好地引导个体的心理发展。目前，中国社会正处于经济快速发展时期，受消费主义的影响，人们的观念已经发生巨大的变化，在这种形势下探讨个体化社会的危机，有助于相关部门制定多方面的政策来引导和维护个人在各方面的发展，促进和谐社会的构建，因而具有一定的现实意义。

参 考 文 献

[1] Abbott, Mary. *Family Affairs: A History of the Family in 20th Century England* [M]. New York: Routledge, 2003.

[2] Adler, A. *Individual Psychology of Alfred Adler* [M]. New York: Basic Books, 1956.

[3] Adler, A. *Social Interest: A Challenge to Mankind* [M]. London: Faber & Faber, 1938.

[4] Anderson, Benedict. *Imagined Communities: Reflections on the Origin and Spread of Nationalism* [M]. London: Verso, 1991.

[5] Arendt, Hannah. *The Human Condition* [M]. Chicago & London: The University of Chicago Press, 1998.

[6] Arendt, Hannah. *The Promise of Politics* [M]. New York: Schocken, 2005.

[7] Atkinson, Will. *Class, Individualization and Late Modernity: in Search of the Reflexive Worker* [M]. New York: Palgrave Macmillan, 2010.

[8] Baron-Cohen, Simon. *Zero Degrees of Empathy: A New Theory of Human Cruelty* [M]. London: Penguin Group, 2011.

[9] Bauman, Zygmunt and Tester, Keith. *Conversation with Zygmunt Bauman* [M]. London: Polity Press, 2001.

[10] Bauman, Zygmunt. *Globalization: The Human Consequences* [M]. New

York: Polity Press, 1998.

[11] Bauman, Zygmunt. *In Search of Politics* [M]. London: Policy Press, 1999.

[12] Bauman, Zygmunt. *Intimations of Postmodernity* [M]. London: Routledge, 1992.

[13] Bauman, Zygmunt. *Identity: Conversations with Benedetto Vecchi* [M]. London: Polity Press, 2004.

[14] Bauman, Zygmunt. *Life in Fragments* [M]. Hoboken: Blackwell Publishers, 1995.

[15] Bauman, Zygmunt. *Liquid Life* [M]. London: Polity Press, 2005a.

[16] Bauman, Zygmunt. *Liquid Love: On the Frailty of Human Bonds* [M]. Cambridge: Polity Press, 2003a.

[17] Bauman, Zygmunt. *Liquid Modernity* [M]. London: Polity Press, 2000.

[18] Bauman, Zygmunt. *Postmodernity and Its Discontents* [M]. London: Polity Press, 1997.

[19] Bauman, Zygmunt. *Postmodern Ethics* [M]. Cambridge: Basil Blakwell, 1993.

[20] Bauman, Zygmunt. *Society under Siege* [M]. Cambridge: Polity Press, 2003b.

[21] Bauman, Zygmunt. *The Individualized Society* [M]. Cambridge: Polity Press, 2001a.

[22] Bauman, Zygmunt. *Thinking Sociologically* [M]. New York: Wiley-Blackwell, 2001b.

[23] Bauman, Zygmunt. *Work, Consumerism and the New Poor* [M]. Milton Keynes: Open University Press, 2005b.

[24] Baurmann, Michael. *The Market of Virtue* [M]. Basel: Springer, 2002.

[25] Beauvoir, Simon De. *The Second Sex* [M]. New York: Bantam, 1965.

[26] Beck, U. and E. Beck. *Individualization: Institutionalized Individualism*

and its Social and Political Consequences [M]. London: SAGE Publications, 2001.

[27] Belsey, Catherine. *Desire: Love Stories in Western Culture* [M]. Oxford: Blackwell, 1994.

[28] Bentley, Nick. *Contemporary British Fiction*. Edinburgh: Edinburgh University Press, 2008.

[29] Berger, Peter L. *The Homeless Mind* [M]. New York: Random House, 1973.

[30] Berleant, Arnold. *The Aesthetics of Environment* [M]. Philadelphia: Temple University Press, 1992.

[31] Blackwood, Caroline. DeGustibus [J]. *Times Literary Supplement*, 1978, (1): 53-60.

[32] Bloom, William. *Personal Identity, National Identity and International Relations* [M]. Cambridge: Cambridge University Press, 1990.

[33] Bok, S. *Lying: Moral Choice in Public and Private Life* [M]. New York: Pantheon Books, 1979.

[34] Bradbury, Malcolm. *The Modern British Novel* 1878-2001 [M]. Beijing: Foreign Language Teaching and Research Press, 2004.

[35] Byrnes, Bernie. *Sex and Sexuality in Ian McEwan's Work* [M]. Nottingham: Paupers' Press, 1995.

[36] Byrnes, Bernie. *The Work of Ian McEwan: A Psychodynamic Approach* [M]. London: Pauper Press, 2002.

[37] Cameron, O. Cox. A Lacanian Look at English Elegance: Some Reflections on Ian McEwan's *Enduring Love* [J]. *International Journal of Psychoanalysis*, 2002, 83(5): 1153-1167.

[38] Carbonell, Curtis D. A Consilient Science and Humanities in McEwan's Enduring Love [J]. *Comparative Literature and Culture*, 2010, 12(3): 1-12.

[39] Childs, Peter. Contemporary Novelists: British Fiction since 1970 [M]. Basingstoke: Palgrave McMillan, 2012.

[40] Childs, Peter. *The Fiction of Ian McEwan* [M]. Hampshire: Palgrave Macmillan, 2005.

[41] Connell, R. W. *Masculinities* [M]. California: University of California Press, 2005.

[42] Corbett, Mary Jean. *Family Likeness: Sex, Marriage, and Incest from Jane Austen to Virginia Woolf* [M]. Cornell: Cornell University Press, 2008.

[43] Dover, K. J. *Greek Popular Morality in the Time of Plato and Aristotle* [M]. Oxford: Basil Blackwell, 1974.

[44] Dunkheim, E. *The Elementary Forms of the Religious Life* [M]. New York: VS Verlag für Sozialwissenschaften1961.

[45] Eagleton, Terry. *The Idea of Culture* [M]. Oxford: Blackwell, 2000.

[46] Eaton, Heather and Lois Ann Lorentzen. *Ecofeminism and Globalization* [M]. New York: Rowman and Littlefield Publishers, 2003.

[47] Edwards P. Time, Romanticism, Modernism and Moderation in Ian McEwan's *The Child in Time* [J]. *English*, 1995, 44 (178): 41-55.

[48] Etzioni, Amitai. *The Spirit of Community* [M]. New York: Crown Publishers, 1993.

[49] Frisby, D. *Georg Simmel: Critical Assessments* [M]. London: Routledge, 1997.

[50] Fromm, Erich. *Escape from Freedom* [M]. New York: Holt, Rinehart and Winston, 1941.

[51] Fromm, Erich. *The Art of Loving* [M]. New York: Harper Perennial Modern Classics, 2006.

[52] Garthoff, Raymond L. *A Journey through the Cold War: A Memoir of Containment and Coexistence* [M]. Beijing: Xin Hua Publishing House,

2003.

[53] Gauthier, Timothy. *Narrative Desire and Historical Reparations: A. S. Byatt, Ian McEwan, and Salman Rushdie* [M]. London: Routledge, 2009.

[54] Giddens, Anthony. *The Transformation of Intimacy: Sexuality, Love and Eroticism in Modern Societies* [M]. Stanford: Stanford University Press, 1992.

[55] Griffin, David. *Spirituality and Society: Postmodern Visions* [M]. New York: State University of New York Press, 1988.

[56] Groes, Sebastian. *Contemporary Critical Perspectives: Ian McEwan* [M]. London: Bloomsbury Publishing Plc, 2013.

[57] Hassan, Ihab. *The Literature of Silence: Henry Miller and Samuel Beckett* [M]. New York: Random House of Canada Limited, 1967.

[58] Head, Dominic. *Ian McEwan: Contemporary British Novelists* [M]. Manchester University Press, 2008.

[59] Hidalgo, Pilar. Memory and Storytelling in Ian McEwan's Atonement [J]. Critique, 2005, 46 (2): 82-91.

[60] Horney, Karen. *Our Inner Conflicts* [M]. New York: Norton Press, 1945.

[61] Horney, Karen. *The Neurotic Personality of Our Time* [M]. New York: Norton Press, 1937.

[62] Horton, Emily. *Reassessing the Two-culture Debate: Popular Science in Ian McEwan's the Child in Time* and *Enduring Love* [J]. MFS Modern Fiction Studies, 2013, 59(4): 683-712.

[63] Jameson, Frederic. *Postmodernism, or the Cultural Logic of Late Capitalism* [M]. London: Verso, 1991.

[64] Joseph Rowntree Foundation. *Inquiry into Income and Wealth* [M]. York: Joseph Rowntree Foundation, 1995.

[65] Knapp, Peggy. Ian McEwan's *Saturday* and the Aesthetics [J]. Novel,

2007, (4): 121-143.

[66] Leavis, F. R, and Denys Thompson. *Culture and Environment: The Training of Critical Awareness* [M]. London: Chatto and Windus, 1933.

[67] Levinas, Emmanuel. *Alterity and Transcendence* [M]. Athlone: Continuum International Publishing Group, 1970.

[68] Levinas, Emmanuel. *Collected Philosophical Papers* [M]. Pittsburgh: Duquesne University Press, 1998.

[69] Macintyre, Alasdair. *After Virtue: A Study in Moral Theory* [M]. Notre Dame: University of Notre Dame Press, 1981.

[70] Maczynska, M. "This Monstrous City: Urban visionary Satire in the Fiction of Martin Amis, Will Self, China Mieville, and Maggie Gee" [J]. *Contemporary Literature*, 2010, 51(1): 58-86.

[71] Malcolm, David. *Understanding Ian McEwan* [M]. Columbia: University of South Carolina Press, 2002.

[72] Martin, Brian. Looking Back to the Future [J]. *Spectator*, 1987, (10): 40-46.

[73] Martin, David C. *Wilderness of Mirrors: Intrigue, Deception, and the Secrets that Destroyed Two of the Cold War's Most Important Agents* [M]. New York: Harper and Row, 1980.

[74] McEwan, Ian. Only Love and then Oblivion: Love Was All They Had to Set Against Their Murderers [J]. *The Guardian*, 2001, (9): 1-15.

[75] McEwan, Ian. *The Cement Garden* [M]. London: Jonathan Cape, 1978.

[76] McEwan, Ian. *The Child in Time* [M]. London: Vintage, 1992.

[77] McEwan, Ian. *The Comfort of Strangers* [M]. London: Jonathan Cape, 2007.

[78] McEwan, Ian. *The Innocent* [M]. New York: Anchor, 1999.

[79] Möller, Swantje. *Coming to Terms with Crisis: Disorientation and Reorientation in the Novels of Ian McEwan* [M]. Universitätsverlag: Winter,

2011.

[80]Moynahan, Julian. In an Advanced Modern Manner [J]. *New York Times Book Review*, 1979, (8): 9-15.

[81]Müller-Wood, Anja and J. Carter Wood. Bringing the Past to Heel: History, Identity and Violence in Ian McEwan's *Black Dogs* [J]. *Literature and History*, 2007, 16(2): 43-98.

[82]Murdoch, Iris. The Sublime and the Good [J]. *Chicago Review*, 1959, (10): 42-55.

[83]Naisbitt, John. *Global Paradox* [M]. London: Nicholas Brealey Publishing, 1995.

[84]Nash, Manning. *The Cauldron of Ethnicity in the Modern World* [M]. Chicago: University of Chicago Press, 1989.

[85]Nicklas, Pascal. *McEwan: Art and Politics* [M]. Heideberg: Universitatsverlag, 2010: 39.

[86]O'Hara, D. *Mimesis and the Imaginable Other: Metafictional Narrative Ethics in the Novels of Ian McEwan* [D]. Bath: College of Liberal Arts of Bath Spa University, 2010.

[87] Olsen, Pal Gerhard. The Necessary Unpleasantness of Literature [J]. *Samtiden*, 1987, (1): 41-56.

[88] Pfister, Manfred and Barbara Schaff. *Venetian Views, Venetian Blinds: English Fantasies of Venice* [M]. Amsterdam: Rodopi, 1999.

[89] Reynolds, Margaret and Jonathan Noakes. *Ian McEwan: The Essential Guide* [M]. New York: Vintage, 2002.

[90]Richard B. *The Novel Now: Contemporary British Fiction* [M]. New York: Blackwell Publishing, 2007.

[91] Richter, Virginia. Tourists Lost in Venice: Daphne Du Maurier's *Don't Look Now* and Ian McEwan's *The Comfort of Strangers* [C] // Manfred Pfister and Barbara Schaff. *Venetian Views, Venetian Blinds: English Fan-

tasies of Venice. Amsterdam: Rodopi, 1999.

[92] Roberts, Ryan. *Conversations with Ian McEwan* [M]. Oxford: University Press of Mississippi, 2010.

[93] Roger, Angela. Ian McEwan's Portrayal of Women [J]. *Forum for Modern Language Studies*, 1996, (1): 14-16.

[94] Ryan, Kiernan. *Ian McEwan* [M]. Plymouth: Northcote House, 1994.

[95] Scheibe, Karl E. *Self Studies: The Psychology of Self and Identity* [M]. Westport: Praeger Publishers, 1995.

[96] Schemberg, Claudia. Achieving "At-one-ment": Storytelling and the Concept of the Self in Ian McEwan's *The Child in Time*, *Black Dogs*, *Enduring Love*, and *Atonement* [J]. *Anglo-American studies*, 2004, 26(2): 5-20.

[97] Seaboyer, Judith. Pastoral and Plague: Bearing Witness to "The Fundamental Problem of Evil" in Ian McEwan's *Black Dogs* [J]. *Studies in Contemporary Fiction*, 2014: 494-507.

[98] Shorter, Edward. *The Making of the Modern Family* [M]. London: COLLINS, 1977.

[99] Siegel, Lee. The Imagination of Disaster [J]. Science Fiction Studies, 2005, (4): 33-34.

[100] Slay, Jack. *Ian McEwan* [M]. New York: Twayne Publishers Inc, 1996.

[101] Slay, Jack. Vandalizing time: Ian McEwan's *The Child in Time* [J]. *Critique*, 1994, 35(4): 205-218.

[102] Smith, Joan. Trials of a War Baby [J]. *New Statesman and Society*, 1990, (5): 19-30.

[103] Stone, L. *The Family, Sex and Marriage in England* 1500-1800 [M]. Harmondsworth: Penguin, 1979.

[104] Stade, George. Berlin Affair: A Thriller [J]. *New York Times Book Re-*

view, 1990, （6）：33-45.

［105］Taylor, Charles. *Human Agency and Language*［M］. Cambridge：Cambridge University Press, 1985.

［106］Tonnies, Ferdinand. Community and Society［M］. New Jersey：Community Transaction Publishers, 1988.

［107］Turner, Bryan S. *The Body and Society*［M］. London：Sage Publications 1996.

［108］Wells, Lynn. *Ian McEwan*［M］. Hampshire：Palgrave Macmillan, 2009.

［109］White, Simon J. *Romanticism and the Rural Community*［M］. Hampshire：Palgrave Macmillan, 2013.

［110］Williams, Christopher. Ian McEwan's The Cement Garden and the Tradition of the Child/Adolescent as "I-Narrator"［J］. *Fasano di Puglia*：*Schena Editore*, 1996, （10）：219-220.

［111］Williams, R. The Analysis of Culture［C］// J. Storey. *Cultural Theory and Popular Culture*. London：Prentice Hall, 1998.

［112］Winnberg, Jacob. *An Aesthetics of Vulnerability*：*the Sentimentum and the Novels of Graham Swift*［M］. Goteborg：Acta Universitatis Gothoburgensis, 2003.

［113］Wood, Michael. *Well Done*, *Ian McEwan*［J］. London Review of Books, 1990, （10）：24-30.

［114］Yeatman, Anna and Gary Wayne Dowsett. Individualization and the Delivery of Welfare Services［J］. *Molecular Pain*, 2009, 1(1)：1-11.

［115］阿拉斯戴尔·麦金太尔. 德性之后［M］. 龚群等, 译. 北京：中国社会科学出版社, 1995.

［116］埃利亚斯. 个体的社会［M］. 翟三江, 陆兴华, 译. 南京：译林出版社, 2003.

［117］艾伦·沃尔夫. 合法性的限度［M］. 沈汉, 译. 北京：商务印书馆,

2005.

[118]安伦.宗教共同体的多维度[J].世界宗教研究,2012,(1):1-10.

[119]安东尼·吉登斯.失控的世界[M].周红云,译.南昌:江西人民出版社,2001.

[120]鲍德里亚.消费社会[M].刘成富,全志刚,译.南京:南京大学出版社,1970.

[121]彼得·科斯洛夫斯基.后现代文化[M].毛怡红,译.北京:中央编译出版社,1999.

[122]陈乐民.撒切尔夫人[M].杭州:浙江人民出版社,1997.

[123]陈榕.历史小说的原罪和救赎:解析麦克尤恩《赎罪》的元小说结尾[J].外国文学,2008,(1):91-97.

[124]陈占江.社会学与文学:可能性及其限度[J].社会科学评论,2008,(3):87-95.

[125]成伯清.齐奥尔格·齐美尔:现代性的诊断[M].杭州:杭州大学出版社,1998.

[126]程心."时间中的孩子"和想象中的童年:兼谈伊恩·麦克尤恩的转型[J].当代外国文学,2008,(2):87-95.

[127]斐迪南·滕尼斯.共同体与社会[M].林荣远,译.北京:商务印书馆,1999.

[128]冯建军,傅淳华.多元文化时代文化教育的困境与抉择[J].西北师范大学报,2008,45(1):37-43.

[129]弗洛姆.恶的本性[M].薛冬,译.北京:中国妇女出版社,1989.

[130]弗洛姆.弗洛姆著作精选:人性·社会·拯救[M].黄颂杰,编.上海:上海人民出版社,1989.

[131]弗罗姆.人心[M].孙月才,张燕,译.北京:商务印书馆,1979.

[132]弗洛姆.为自己的人[M].孙依依,译.北京:三联书店,1988.

[133]顾忠华.韦伯学说[M].桂林:广西师范大学出版社,2004.

[134]郭台辉.齐格蒙特·鲍曼思想中的个体与政治[D].复旦大学,2006:

1-230.

[135]康德. 判断力批判[M]. 邓晓芒, 译. 北京：人民出版社, 2002.

[136]康德. 实践理性批判[M]. 韩水法, 译. 北京：商务印书馆, 1999.

[137]哈贝马斯. 哈贝马斯精粹[M]. 曹卫东, 译. 南京：南京大学出版社,
2004.

[138]哈贝马斯. 后民族结构[M]. 曹卫东, 译. 上海：上海人民出版社, 2002.

[139]汉娜·阿伦特. 康德政治哲学讲稿[M]. 曹明, 苏婉儿, 译. 上海：上
海人民出版社, 2013.

[140]黑格尔. 法哲学原理[M]. 范扬, 张企泰, 译. 北京：商务印书馆, 1961.

[141]胡慧勇. 历史与当下危机中的伊恩·麦克尤恩小说[D]. 上海外国语
大学, 2013：1-234.

[142]霍尔顿. 爱因斯坦、历史与其他激情[M]. 刘鹏, 杜严勇, 译. 南京：
南京大学出版社, 2006.

[143]金雯. 理查逊的《克拉丽莎》与18世纪英国的性别与婚姻[J]. 外国文
学评论, 2016, (1)：22-38.

[144]李春. 石黑一雄访谈录[J]. 当代外国文学, 2005, (4)：62-63.

[145]李惠斌. 全球化与公民社会[M]. 桂林：广西师范大学出版社, 2003.

[146]李菊花. 论麦克尤恩《星期六》中的交往思想[J]. 当代外国文学,
2013, (1)：39-46.

[147]李维屏. 英国小说人物史[M]. 上海：上海外语教育出版社, 2008.

[148]林莉. 论《星期六》的空间叙事策略[J]. 当代外国文学, 2013, (1)：
47-54.

[149]刘文荣. 当代英国小说史[M]. 上海：文汇出版社, 2010.

[150]龙江. 心灵的孩子 神奇的时间：伊恩·麦克尤恩《时间中的孩子》解
读[J]. 外国文学研究, 2005, (4)：70-76.

[151]路爱国. 坚持马克思主义反对新自由主义[J]. 思想理论教育导刊,
2006, (3)：23-29.

[152]陆建德. 文学中的伦理：可贵的细节[J]. 文学评论, 2014, (2)：18-20.

[153]罗纲，王中忱. 消费文化读本[M]. 北京：中国社会科学出版社，2003.

[154]罗媛. 移情腐蚀与暴力呈现：评伊恩·麦克尤恩的《无辜者》[J]. 当代外国文学，2015，(5)：34-42.

[155]罗媛. 移情视阈下的伊恩·麦克尤恩小说研究[D]. 南京大学，2012：1-153.

[156]曼纽尔·卡斯特. 认同的力量[M]. 夏铸九，译. 北京：社会科学文献出版社，2003.

[157]麦金泰尔. 三种对立的道德探究观[M]. 万俊人，译. 北京：中国社会科学出版社，1999.

[158]马克思，恩格斯. 马克思恩格斯选集：第1卷[M]. 北京：人民出版社，1972.

[159]米·赫拉普钦科. 作家的创作个性和文学的发展[M]. 张捷，译. 上海：上海人民出版社，1977.

[160]米兰·昆德拉. 小说的艺术[M]. 孟湄，译. 北京：三联书店，1992.

[161]默克罗比. 后现代主义与大众文化[M]. 田晓菲，译. 北京：中央编译出版社，2000.

[162]尼采. 悲剧的诞生[M]. 周国平，译. 北京：三联书店，1986.

[163]聂珍钊. 文学伦理学批评导论[M]. 北京：北京大学出版社，2014.

[164]聂珍钊. 文学伦理学批评：伦理选择与斯芬克斯因子[J]. 外国文学研究. 2011，(6)：1-13.

[165]诺姆·乔姆斯基. 新自由主义和全球秩序[M]. 徐海铭，季海宏，译. 南京：江苏人民出版社，2001.

[166]欧文·拉兹洛. 布达佩斯俱乐部全球问题最新报告：第三个1000年[M]. 王宏昌，译. 北京：社会科学文献出版社，2004.

[167]潘尼·尤诺. 撒切尔夫人传[M]. 周路平，译. 哈尔滨：黑龙江人民出版社，1986.

[168]彭青龙. 超越二元、以人为本：解读彼得·凯里小说文本中的伦理思

想[J]. 外语教学, 2015(4)：77-85.

[169]齐格蒙特·鲍曼. 个体化社会[M]. 范祥涛, 译. 上海：上海三联书店, 2002a.

[170]齐格蒙特·鲍曼. 流动的现代性[M]. 欧阳景根, 译. 上海：上海三联书店, 2002b.

[171]齐格蒙特·鲍曼. 全球化：人类的后果[M]. 郭国良, 徐建华, 译. 北京：商务印书馆, 2001.

[172]齐美尔. 桥与门[M]. 涯鸿, 宇声, 译. 上海：三联书店, 1991.

[173]乔国强. "文学伦理学批评"之管见[J]. 外国文学研究, 2005,（1）：24-27.

[174]渠敬东. 缺席与断裂：有关失范的社会学研究[M]. 上海：上海人民出版社, 1999.

[175]让·波德里亚. 消费社会[M]. 刘成富, 全志钢, 译. 南京：南京大学出版社, 2000.

[176]荣格. 现代灵魂的自我拯救[M]. 黄奇铭, 译. 北京：工人出版社, 1987.

[177]萨特. 什么是文学 [C] // 萨特. 萨特文集：第7卷. 北京：人民文学出版社, 2005.

[178]塞缪尔·亨廷顿. 民主的危机[M]. 马殿军, 译. 北京：求实出版社, 1989.

[179]尚必武. 新世纪的伊恩·麦克尤恩研究：现状与趋势[J]. 外国文学动态, 2013,（1）：4-7.

[180]申圆. 伊恩·麦克尤恩小说中的伦敦映象研究[D]. 上海：上海外国语大学, 2013：1-149.

[181]沈晓红. 伊恩·麦克尤恩主要小说中的伦理困境[D]. 上海：上海外国语大学, 2010：1-123.

[182]施雪华. 当代各国政治体制：英国[M]. 兰州：兰州大学出版社, 1998.

[183]叔本华.作为意志和表象的世界[M].石冲白,译.北京:商务印书馆,1982.

[184]舒奇志.主体的欲望与迷思:解读伊恩·麦克尤恩的《时间中的孩子》[J].当代外国文学,2008,(3):83-90.

[185]宋艳芳.小说何为:从麦克尤恩的《星期六》看小说的功能[J].国外文学.2013,(3):120-126.

[186]陶东风.《文化研究》第一辑[M].天津:天津社会科学院出版社,2000.

[187]托克维尔.论美国的民主[M].董果良,译.北京:商务印书馆,1997.

[188]汪晖.去政治化的政治[M].北京:三联书店,2008.

[189]王皖强.国家与市场:撒切尔主义研究[M].长沙:湖南教育出版社,1999.

[190]王欣.从结构主义视角论"世界文学"与"比较文学"[J].中国比较文学,2013,(4):10-17.

[191]王悦.镣铐中的舞蹈:伊恩 麦克尤恩的小说与不可靠叙述[M].北京:中国社会科学出版社,2013.

[192]伍蠡甫.现代西方文论选[M].上海:上海译文出版社,1983.

[193]吴晓.意象符号与情感空间:诗学新解[M].北京:中国社会科学出版社,1990.

[194]西美尔.货币哲学[M].陈戎女,狄开军,文聘元,译.南京:华夏出版社,2002.

[195]西美尔.金钱,性别,现代生活风格[M].顾仁明,译.上海:华东师范大学出版社,2010.

[196]亚里士多德.尼各马可伦理学[M].廖申白,译.北京:商务印书馆,2003.

[197]伊恩·麦克尤恩.阿姆斯特丹[M].冯涛,译.上海:上海译文出版社,2012a.

[198]伊恩·麦克尤恩. 时间中的孩子[M]. 何楚, 译. 南京: 译林出版社,
　　　2003.

[199]伊恩·麦克尤恩. 水泥花园[M]. 冯涛, 译. 上海: 上海译文出版社,
　　　2012b.

[200]伊恩·麦克尤恩. 无辜者[M]. 朱乃长, 译. 上海: 上海译文出版社,
　　　2009.

[201]伊恩·麦克尤恩. 只爱陌生人[M]. 冯涛, 译. 上海: 上海译文出版
　　　社, 2012.

[202]衣俊卿. 20世纪的文化批判[M]. 北京: 中央编译出版社, 2003.

[203]尤尔根·哈贝马斯. 重建历史唯物主义[M]. 郭官义, 译. 北京: 社会
　　　科学文献出版社, 2000.

[204]余华. 伊恩·麦克尤恩后遗症[J]. 青年教师, 2010, (6): 58-60.

[205]袁澍涓, 徐崇温. 卡缪的荒谬哲学[M]. 沈阳: 辽宁人民出版社,
　　　1989.

[206]约翰·格雷. 伪黎明: 全球资本主义幻象[M]. 张敦敏, 译. 北京: 中
　　　国社会科学出版社, 2002.

[207]张殿国. 论欲望[M]. 昆明: 云南人民出版社, 1992.

[208]张法. 中西美学与文化精神[M]. 北京: 中国人民大学出版社, 2010.

[209]张和龙. 成长的迷误——评麦克尤恩的长篇小说《水泥花园》[J]. 当
　　　代外国文学. 2003, (4): 40-46.

[210]张和龙. 战后英国小说[M]. 上海: 上海外语教育出版社, 2004.

[211]张志伟, 欧阳谦. 写给大众的西方哲学[M]. 北京: 中国人民大学出
　　　版社, 2004.

[212]朱振武. 丹·布朗小说的伦理抉择[J]. 外国文学研究, 2014, (5):
　　　37-45.

[213]邹涛. 叙事认知中的暴力与救赎: 评麦克尤恩的《赎罪》[J]. 当代外
　　　国文学, 2011, (4): 67-73.

后　记

本书是在我博士论文基础上修改完成的。对麦克尤恩小说进行研究，学界已经取得了诸多成果，这些成果是本研究的基础。正是在对这些成果认真研读的基础上，我选取了个体化危机视角，对麦克尤恩早期的四部小说进行阐释，他的早期小说一方面展现了个体化社会的文化、心理、政治、道德等各方面的危机主题，另一方面又传达出拯救的可能和重塑的希望。危机主题贯穿于他的早期小说，蕴含了他对人类生存困境以及解决途径等问题的深刻思索。本书以他早期的四部小说《水泥花园》《只爱陌生人》《时间中的孩子》《无辜者》为研究对象，借用社会学理论中的"个体化"概念，分别从文化、心理、政治和道德等层面考察与分析麦克尤恩早期小说中的个体化危机主题，揭示麦克尤恩对当代西方社会现实的形象再现所达到的思想深度与艺术高度。本书是否达到了这个目标，还等待着读者的评判。

本书得以出版，我要感谢在该研究过程中给我提供帮助的各位师友。首先，我要感谢我的导师张和龙教授。在读博期间，无论是我的期刊论文，还是博士论文，张老师都给予了悉心指导。从确定论文选题到总体构思，再到论文开题，张老师都提出了许多宝贵的意见。

其次，我要感谢李维屏教授、乔国强教授、虞建华教授、张定铨教授、查明建教授、史志康教授、汪小玲教授、王欣教授等诸位师长在我的学术生涯当中给予我的帮助和启迪。他们开设的博士生课程令我获益匪浅，为本书的撰写奠定了坚实的基础。感谢李维屏教授在学术上对我的教导和鼓励，感谢张定铨教授在论文写作方面对我的关心和帮助，感谢虞建华教授和乔国强教授对论文提纲的指导，感谢查明建教授在论文写作基础课上给予的指导，感谢汪小玲教授、王欣教授和史志康教授的课堂指导。

我还要感谢我的硕士生导师田德蓓教授，非常感谢她在我人生道路上提供的众多关心、教导和帮助，令我终身受益。我也感谢华东师范大学的金雯教授，华中科技大学的陈后亮教授，阜阳师范学院的黄继刚教授，他们均在我的撰写过程中给予了帮助。同时，我也感谢我的博士同学们以及好友王勤梅对我提供的热情友好的帮助。

我要衷心感谢我的家人对我从事学术研究的理解和支持。感谢爱人胡友峰教授对我的论文写作给予的指导和帮助，你的点拨让我有一种拨云见雾的感觉。感谢母亲和哥哥们对我的鼓励和帮助。为了支持我完成学业，他们帮忙做家务并和我一起分担烦恼和忧愁。我也感谢我可爱的女儿胡清远对我的关心，在博士论文写作期间，她经常提醒我论文的上交时间，敦促我赶紧写论文并帮我数倒计时，这反而让我觉得有点自愧不如。她的天真的发问总让人忍俊不禁，感谢上天给我机会和她一起享受成长的快乐，感受生活的美好。祝愿女儿能够健康成长！

还要感谢提供论文发表机会的《浙江大学学报》徐枫老师，《东岳论丛》曹振华老师、《山东师范大学学报》李宗刚老师和《西南民族大学学报》申燕老师，正是你们的青睐，让本书中的诸多内容能够得以在期刊上先期与读者见面。最后还要感谢山东大学文学院的诸多师友，是你们的支持和鼓励让我走到今天。

付昌玲

2021 年 1 月于山东济南海晏门